2023年“新时代中国法治文学精选”丛书

中国社会主义文艺学会法治文艺专业委员会 编

另一半真相

群众出版社
·北京·

图书在版编目（CIP）数据

另一半真相 / 中国社会主义文艺学会法治文艺专业委员会编. -- 北京 ：群众出版社，2024. 10. --（2023年“新时代中国法治文学精选”丛书）. -- ISBN 978-7-5014-6391-6

Ⅰ. I247. 5

中国国家版本馆 CIP 数据核字第 2024CJ4580 号

2023 年“新时代中国法治文学精选”丛书

另一半真相

中国社会主义文艺学会法治文艺专业委员会　编

责任编辑：冯京瑶
装帧设计：王紫华
责任印制：周振东

出版发行：群众出版社
地　　址：北京市丰台区方庄芳星园三区 15 号楼
邮政编码：100078
经　　销：新华书店
印　　刷：天津嘉恒印务有限公司

版　　次：2024 年 10 月第 1 版
印　　次：2024 年 10 月第 1 次
印　　张：6. 25
开　　本：880 毫米×1230 毫米　1/32
字　　数：140 千字

书　　号：ISBN 978-7-5014-6391-6
定　　价：49. 00 元

网　　址：www. qzcbs. com
电子邮箱：qzcbs@ sohu. com

营销中心电话：010-83903991
读者服务部电话（门市）：010-83903257
警官读者俱乐部电话（网购、邮购）：010-83901775
文艺分社电话：010-83901350

2023年"新时代中国法治文学精选"丛书编委会

前言

为认真贯彻习近平新时代中国特色社会主义思想，弘扬社会主义核心价值观，讲好中国法治故事，以法治文学的力量，为实现以中国式现代化全面推进中华民族伟大复兴作出应有贡献，经中国社会主义文艺学会批准，中国社会主义文艺学会法治文艺专业委员会自 2021 年起开展“新时代中国法治文学精选”丛书征稿编选工作。迄今已连续成功举办了三届。中宣部原副部长、原文化部部长贺敬之同志担任编委会总顾问。此项活动的主要成果是，由群众出版社向全国公开出版发行 2021 年、2022 年、2023 年“新时代中国法治文学精选”丛书，收录长篇小说 14 部、中篇小说集 1 部、报告文学集 2 部、中短篇小说集 2 部、短篇小说与报告文学集 1 部。这是一年一度法治文学精选的征稿编选工作，对于推动中国法治小说、报告文学原创作品的发展，促进法治文学人才脱颖而出，起到了十分重要的积极作用。

2021年入选的优秀作品，其中长篇小说2部（《山重水复》《弹壳》）、中短篇小说集1部（《疑似命案》）、报告文学集1部（《微尘鉴罪》），已收入2021年“新时代中国法治文学精选”丛书，由群众出版社出版发行。2022年入选的优秀作品，其中长篇小说6部（《血案寻踪》《刑警一中队》《刑警的诺言》《越过陷阱》《虚拟诱惑》《刑侦女警》）、中短篇小说集1部（《诡异现场》）、报告文学集1部（《预审“工匠”》），已收入2022年“新时代中国法治文学精选”丛书，由群众出版社出版发行。

2023年“新时代中国法治文学精选”丛书的征稿编选工作现已圆满结束。此次征稿，自2023年1月1日至9月30日，共收到作品80部（篇），其中长篇小说11部，中篇小说18篇，短篇小说33篇，报告文学18部（篇）。经中国社会主义文艺学会法治文艺专业委员会组织专家认真审读，最终确定25部（篇）作品入选2023年“新时代中国法治文学精选”丛书。凡入选作品的作者，均由中国社会主义文艺学会法治文艺专业委员会颁发“特约作家”证书，并在中国社会主义文艺学会网站公布。

2023年“新时代中国法治文学精选”丛书继续由群众出版社出版发行，共8部，收录长篇小说6部、中篇小说集1部、短篇小说与报告文学集1部，并将所有入选作品名单收入附录。

中国社会主义文艺学会法治文艺专业委员会

2023年12月31日

另一半真相

易卓奇

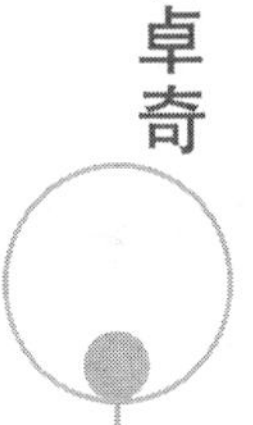

目录

引　子

初冬的早晨，天刚蒙蒙亮，江南小镇“三岔口”迎来了新的一天。

陈记旅店的服务员小翠心急火燎地从附近的家中到店里来上班，为顾客准备早餐。店里有七八个房间，住宿、餐饮全包括。老板陈老爹在镇上人缘好，开业好几年了，生意一直都不错。老两口经营着小小的旅店，老太太管前台，老头儿管杂事，正儿八经的服务员只有小翠一个。

小翠掏出钥匙，想要开门，却发现店门没有上锁。她轻轻一推，门就开了。小翠有些纳闷，不知道发生了什么事。陈老爹出去买菜了？不对呀！平时，陈老爹总是等她到了之后才出门买菜，还会问她买什么菜合适。今天，他怎么起得这么早，天还没亮就出门买菜去了？

小翠感觉有些不对劲儿，小声叫着“陈老爹”，里面没有回应。

进屋之后，一股浓烈的血腥味扑鼻而来。这是什么味道？小翠感觉屋里有些阴森恐怖，但还不至于被吓退。她上了二楼，发现几个房间的门都半开着，过道上有点点滴滴的血迹。她立刻就紧张起来，又喊了几声“陈老爹”。

屋里依然是死一般的寂静。

小翠一边继续往前走，一边想，房间里不是住着客人吗？老板、老板娘和孩子都住在二楼，怎么一点儿动静也没有？她越想越害怕，却还想探个究竟。于是，她推开了 202 号房间的门。

一进门，她就看见地上躺着两个血肉模糊的人。仔细一看，那两个人正是老板娘和她的孙子。受到惊吓的小翠赶紧往外跑，拼命喊着：“杀人了！有人被杀了！”

小翠的喊声打破了小镇的宁静，马上就有人报了警。不到十分钟，派出所的警车就赶到了现场……

第一章　四条人命与五个烟头

一

随后，江州市和仁安县公安机关的十几辆警车赶赴现场。江州市公安局迅速成立了以局长王鼎盛为组长的专案组，具体工作由江州市公安局刑侦支队的支队长莫舒友负责。这一天是 11 月 30 日，此案被称为“11 · 30”案件。

警方立即对案发现场进行了勘查。

进入案发现场后，刑侦技术人员发现旅店的 203 号房间内有两个男人倒在血泊中。其中一人面部朝下趴在床上，后脑勺上有明显的钝器击打痕迹，颅骨已碎裂变形。床单、枕头上全都是已经凝结的乌黑血液，但是没有挣扎的迹象，死者应该是在睡梦中惨遭毒手。这个男性死者的裤兜有被撕扯的痕迹，行李箱被翻得乱七八糟，里面没有钱财。另一个死者仰面躺在床上，双手和双脚被绿色尼龙绳紧紧地捆住，手腕和脚腕上全是深可见骨的擦痕。显然，受害人死前曾经极力挣脱束缚。他的嘴巴里胡乱塞着毛巾，而毛巾则已经被鲜血浸透。他的面部遭到了大面积损毁，已经看不出原来的模样了。死者左手的无名指上有长期佩戴戒指留下的痕迹，但是戒指已经不翼而飞了，很有可能被凶手拿走了。

民警对整个房间进行了细致的检查，发现里面只有一个人的物品。身份证显示，趴着的死者名叫于登峰，是来住店的旅客。那么，旁边那个被捆绑的人是谁呢？经过周围邻居的辨认，确定此人就是宾馆的老板陈鑫。

同时，另一队民警在隔壁的202号房间进行现场勘查，发现死者为一个老年妇女和一个小男孩儿。老年妇女匍匐在满是血污的地板上，头部和面部遭受过钝器重击，五官模糊不清，无法识别。床上的儿童是被凶手残忍地锤死的，一旁还扔着一把沾满血渍的榔头。经过辨认，他们分别是老板陈鑫的妻子钱莹和小孙子陈小宝。

据了解，为了上学方便，小孙子一直跟着爷爷奶奶在宾馆的202号房间生活。此时，屋内的柜子和箱子已经被全部打开了，衣物被扔得满地都是。可以想见，凶手临走前一定在房间里大肆翻找过财物。据小翠描述，尼龙绳和榔头都不是店里的东西。

警方根据上述情况推测，这很有可能是一桩有预谋的抢劫杀人案。现场的地板上有大量带着尘土的鞋印，尼龙绳上也检测出了两枚不属于受害人的指纹，地上甚至还有烟头。但是，在那个年代，即使掌握了这么多线索，也很难抓住犯罪嫌疑人。

经法医鉴定，四名受害人均系被钝器击打头部致死。根据现场的犯罪轨迹和痕迹，案件被定性为抢劫杀人案。

凶手是何许人也？

警方兵分几路，全力以赴地进行侦查。勘查现场的小组由支队长老莫负责。他要求侦查员必须把现场“吃透”，发现所有的蛛丝马迹。经勘查，刑侦技术人员发现，凶手有两个人。现场除了被害人留下的足迹，还有作案者清晰的鞋印。两个作案者，一个脚穿四十一码的旅游鞋，另一个脚穿三十九码的皮鞋。从鞋印可以判断出，两个作案者一高一矮。在 202 号房间和 203 号房间内，细心的侦查员在床沿和吧台边发现了三枚犯罪嫌疑人的指纹。虽然有些模糊，但刑侦技术人员还是提取了这三枚指纹，以便日后进行比对，对破案有所帮助。在 202 号房间的地上，侦查员发现了五个烟头……

还有一组侦查员，专门负责走访调查。经过大量的走访，侦查员们发现，犯罪嫌疑人很有可能就是店里的顾客。假如这个旅店比较正规，住宿登记手续齐全的话，马上就能查到住店旅客的基本信息。但是，这个旅店很不正规，住宿不要身份证，只要交了钱，报个名字就可以住宿，一切手续全免，给案件的侦破带来了极大的麻烦。案件发生后，侦查员从旅店拿到的住宿登记簿毫无价值，上面连旅客的签字都没有。更不可思议的是，住宿登记簿的最后一页被撕掉了，不见了踪影。显然，犯罪嫌疑人早有准备，一点儿信息都没有留给警察。

幸亏服务员小翠不止一次地接触过这两位顾客，对他们印象比较深刻。据小翠介绍，这两个人操着重庆口音，饮食也符合重庆人的习惯。其中一个人短头发、圆脸，另一个人头戴一顶鸭舌帽，小眼睛。高个的那个人身高大概有一米七，矮一点儿的那个人身高大概有一米六五。最终，侦查员画出了两名犯罪嫌疑人的画像，发布了通缉令。

作案工具是一把榔头和一根绳子，案发后留在现场……

现场留有五个烟蒂，本来是件好事，只要提取烟蒂上的唾液就可以进行DNA比对，从而找到凶手。可是，当时的技术条件十分有限，各级公安机关都无法进行DNA比对。因此，现场的烟蒂对侦破案件毫无帮助。唯一值得庆幸的是，这一年的上半年从公安大学毕业分配到江州市公安局刑侦支队的陈春林，一开始就盯住了这几个烟蒂。他第一个发现了这几个烟蒂，并对它们进行了研究。

所谓的研究，其实就是对着烟蒂发呆。他想找到烟蒂与其主人之间的内在联系，从而找到破案的线索。这种联系绝对存在，奥秘就在这几个烟蒂中。可是，一直这么傻看，能看出什么名堂来呢?

“看出什么了没有?”支队长莫舒友问他。

陈春林摇了摇头。

“千万别轻易把它们扔了!”莫舒友说。

陈春林点了点头。

“还记得草塘镇的那个案子吗?”莫舒友又问。

陈春林若有所思，回忆起了当时的场景。

老莫说的那个草塘镇的案子，是两个月前侦破的一起特大杀人案件。当时，陈春林刚来刑侦支队，对一些情况还不太熟悉。案发后，老莫刚要到现场去，就撞见了陈春林。

于是，他就叫住了陈春林：“哎，那个什么……新来的大学生!”

陈春林忙说：“我叫陈春林。支队长，您叫我?”

老莫说：“走，跟我去现场!”

于是，陈春林就跟着老莫去了草塘镇。

隶属于江州市的东陵县草塘镇发生了一起命案，一对六十多岁的老夫妇被杀了。他们全身赤裸，衣服被扔到了床上。案件是前一天晚上发生的，直到第二天上午，邻居们才发现不对劲儿。他们打开门一看，老两口的尸体都硬了。于是，他们赶紧向县公安局报了案。县公安局的同志们勘查完现场之后，没有发现任何作案的痕迹。很明显，现场被清理过。县公安局一时难以破案，就请求市公安局支援。

老莫带着几个侦查员来到现场，仔细查看了一番。他们对一些问题进行了讨论：案件是什么性质的？凶手为什么要对两位老人下手？为什么剥光了两位老人的衣服，并且扔到了床上？凶手到底是谁？

有一点，他们达成了共识：案件的性质是谋财害命。因为，老两口在镇上算是比较有钱的，儿女都在外地。老太太凭借祖传的医术，治愈了不少疑难杂症。她每天都是上午看病，下午自制一些中草药，晚上打麻将。她一天到晚过得非常充实，收益也不少。凶手肯定是冲着老太太的钱来的，但作案的过程却很难弄清楚，因为现场没有留下任何痕迹，尸体上也没有伤口。

侦查员们各抒己见，根据想象给罪犯画像。他们觉得，应该扩大调查的范围。凶手肯定是被害者的熟人，知根知底。侦查的方向是对的，侦查的范围也肯定没错。可是，这个老太太到底有多少熟人呢？她看过多少病人呢？范围太大了！于是，老莫就问刚来的“秀才”陈春林，让他说说自己的看法。

算起来，陈春林是支队第一个科班出身的专业人才。老支队长想考一考新来的大学生，看看他到底有多大的本事。陈春林虽然乳臭未干，但却非常善于思考，并且善于观察。他没有在死者的卧室里找到凶手的痕迹，却在死者家的厨房里发现了两个特大号胶鞋留下的鞋印，还在地上发现了一条干毛巾。把足迹和毛巾联系在一起，陈春林有了一个大胆的设想。他认为，这条毛巾就是凶手的作案工具。显然，凶手对老两口的生活规律了如指掌。老头儿什么时候睡觉，老太太什么时候打完麻将回来，他都摸得一清二楚。

经过分析，陈春林得出了结论：凶手在老太太打麻将的时候，就已经到了死者家，并且跟老头儿在床边聊了一段时间——有地上的烟蒂为证。然后，他趁老头儿不备，用被子将老头儿闷死在了床上。以这样的方式杀人，是不会留下任何痕迹的。杀死了老头儿，凶手才开始翻箱倒柜，寻找钱财。可是，偏偏这个时候，老太太回来了。于是，凶手便躲到了门后。门后挂着一条毛巾，凶手就顺手把它拿了下来。老太太进来之后，他就用这条毛巾从后面勒住了老太太的脖子。身高至少有一米八二的凶手，拎着老太太就像拎着一只小鸡。两分钟的工夫，老太太挣扎了几下就没有了声息，就像一切都没有发生过。作案之后，凶手把两具尸体放到了床上。他拿了想拿的东西，便离开了现场。一切都做得天衣无缝，滴水不漏。

陈春林唯一无法解释的是，凶手为什么要把两位老人的衣服脱光，然后把他们放在一起。也许凶手是为了制造一种假象，让大家误认为老两口是因为“过度亲密”而死。可是，他忽视了一个基本的常识，那就是两位老人都快七十岁了，根本经不起这样的折腾。

实在是不可思议!

陈春林的分析让老莫感到十分震惊，没想到他这么敢想敢说。他居然分析得如此天衣无缝，就像身临其境一样。陈春林唯一没有分析出来的是，地上的烟蒂到底是什么人留下的。他是在城市里长大的，从来没有见过这种纸烟。它一头大，一头小，像个“喇叭筒”。老莫凭着多年来破案的经验，对地上的那些烟蒂进行了分析，这是陈春林在大学里根本学不到的。

老莫对陈春林的分析大加赞赏，让陈春林继续分析一下凶手的特征。陈春林说，他只能分析到这个程度，要根据现场的痕迹作出判断。至于凶手是什么样的人，他真的无法想象。

陈春林想象不出来，老莫却想象得出来。老莫认为，凶手应该是个木匠，身高一米八二，四十五岁左右，家境比较贫寒。因此，只要在附近找到一个身高一米八二的木匠，就能锁定犯罪嫌疑人。

县公安局的同志们经过逐一摸排，果然找到了这么一个木匠。他身高一米八二，家庭条件不太好，有重大作案嫌疑。老莫没有料到的是，那个木匠有一身的武功。

陈春林和另外四名侦查员一起在草堆旁设下埋伏，去抓这个木匠。木匠一出现，他们就飞奔过去，想要将其按倒。结果，陈春林被木匠打了一拳，造成了右手骨折。随后，几个人亮明身份之后，一起把木匠压在了地上。

木匠被抓以后，非常配合，很快就交代了全部罪行，几乎跟陈春林分析的一模一样。木匠的特征，自然和老莫的画像不差分毫。木匠自认为做得天衣无缝，没有任何破绽，料定民警们根本破不了这个案子。没想到，案发后第三天，他就被抓了。公安局的两名警察，一老一少，居然把案情分析得滴水不漏，最终侦破了案件。

老莫对案情的分析，让陈春林佩服得五体投地。过去对凭经验办案颇有微词的陈春林，这回不得不改变了看法。那么，老莫是怎么知道凶手是个木匠的呢？根据什么判断木匠的身高是一米八二？为此，他专门请教了老莫。老莫直言不讳地告诉他，自己是根据地上的几个烟头判断出这个人的身份特征的。把几个烟头扔到地上，说明凶手在房间里待了很长时间。凶手把烟头扔到床头附近，证明他与被害人坐在床头上交谈过。把烟捆成“喇叭筒”，多半是乡下人的习惯。每一个烟头上都有牙齿咬过的痕迹，残留的烟灰也比一般的要长，这与凶手的职业习惯有着密切的联系。含着烟头不扔掉的人，一定是双手都被东西占着，没有空出来。这种人多半是乡下的匠人，比如木匠、铁匠、篾匠等手艺人。结合当地的特点，根据陈春林描绘出来的凶手特征，老莫果断地得出结论，凶手就是个木匠。至于那个木匠的身高，自然是根据现场的可疑脚印判断出来的。

陈春林在学校时，一直成绩不错。听了老莫的分析，他才意识到天外有天、人外有人。他自愧不如，决心向老莫好好学习……

又是谋财害命的案件，现场又有几个烟蒂！一下子死了四个人，这一回能从几个烟头中找到破绽吗？

“说说吧，烟是什么牌子的？”

“五个烟蒂，两个品牌，三个‘山城’牌，两个‘白沙’牌。”

“谁抽‘山城’牌香烟？谁抽‘白沙’牌香烟？现场有几个抽烟的人？是凶手还是被害人？是一个人抽烟，还是几个人抽烟？你都调查了吗？”莫舒友问道。

陈春林摇了摇头，说：“还没有。”

“那你就把这几个烟蒂的来龙去脉弄明白！是谁抽的？抽这种烟说明了什么问题？烟蒂与嫌疑人有什么关联？能不能从中发现规律？你只需干这一件事：好好地研究这几个烟蒂。有什么发现，及时向我汇报。”莫舒友如此这般命令道。

“好的，我一定尽全力研究。”陈春林回答。从那以后，陈春林就跟这几个烟蒂“纠缠”上了……

二

距离三岔口镇五百多公里的渝都市江湾县东江镇，有一个叫“云州”的村子。村子里有一个人特别关心千里之外“三岔口镇惨案”的侦破情况。他每天都在关注“11·30”案件，不仅看电视，而且到镇上或者县城购买报纸。在外人眼里，此人的举动确实有些不可思议，甚至值得怀疑。然而，对熟悉他的人来说，他的行为却再正常不过了，因为他是一位作家。对一位非常有名的农村作家来说，他喜欢什么、厌恶什么，都是正常的，无可厚非。

此人名叫“谢永福”。

几年前，谢永福从县一中高中毕业，参加了高考，以五分之差落榜了。他回到老家云州村，在家务农。在村里人眼里，他有点儿好吃懒做、不务正业。毕业之后，他不喜欢干农活儿，一天到晚躲在家里写写画画。实际上，他在从事文学创作。几年下来，他在省、市级报刊上发表了多篇小说、散文和诗歌，成了省作家协会会员，已经小有名气了。

这天晚上，谢永福又在收看“江州新闻”。新闻里播报的有关“11·30”案件的情况令他十分震惊。看到躺在地上的那个十一岁小孩儿的尸体时，他的眼泪不停地往下流，伤心地叹息着。坐在一旁的母亲看到儿子如此伤心难过，实在不理解，就问：“永福，你怎么了？看个电视至于这么伤心吗？以后我死了，你会这么伤心吗？”

谢永福连忙擦干了眼泪，说：“妈，我没事，就是受不了刺激。”

他的妻子白雪连忙说：“妈，您可不知道呀，您儿子是作家，遇到伤心的事就会流泪。您老就别大惊小怪了！”

老太太还是很难理解，说：“唉，作家还挺难当的嘛！别人伤心，他也跟着伤心。别人流泪，他也跟着流泪。是不是别人高兴，他也跟着大笑？”

“是的。永福平时就是这样，时而高兴，时而伤心，喜怒无常，跟疯子没什么两样。其实，作家就是疯子……”妻子还想说什么，被谢永福打断了。谢永福瞪了妻子一眼，说：“有完没完？”

谢永福“啪”地一下关上电视，冲进了里屋。

老太太和他的妻子雪儿一脸的茫然：“怎么……”

谢永福懒得跟她们说话，躺在床上陷入了沉思。

这几天，他非常难受，无时无刻不在回想那些场景：榔头、绳索，还有鲜血、尸体……

他都做了些什么？为什么会干出这种事来？他还是那个人人尊敬的农村作家吗？

这几天，一听到警车的鸣笛声，他就紧张、害怕，甚至恐惧。他觉得，那些警车就是朝他来的。有两次，他一看到飞驰而来的警车就想，一切都该结束了。他甚至不想再躲避了，想主动迎上去，跟他们说，自己就是他们要找的人。他想尽快结束这一切，可是警车只是从他的身边掠过，根本没有停下来。警车过去之后，他有些茫然，又觉得自己很可笑。他干的事，也许永远也不会有人知道。

就这样，他有时候充满了自信，有时候又很痛苦，备受煎熬。刚才，他又仿佛看到了现场的画面，再一次想到了自首。可是，他做不到。一旦自首了，这个家就全完了，他的家人怎么办？他的“战友”怎么办？还有“战友”的家……

冷静下来之后，他很快就打消了自首的念头。

那么，以后该怎么办呢？他心里过不去这道坎呀！他的良心还没有完全泯灭，一时无法原谅自己。

这一夜，他辗转反侧，难以入睡。

鸡叫三遍的时候，他终于想出了一个主意。他决定立即行动起来，实施自己的计划。于是，他给妻子写下了一封遗书，准备了却此生！

第二天一早，他带着遗书，准备好香烛、纸钱，连饭都没吃就跑到父亲的坟上大哭了一场。这次上坟，他带了三样东西：一把匕首、一包老鼠药和一封遗书。他想结束自己的生命，给母亲、妻子、女儿一个交代。拜完了父亲，他便一心向死了。一开始，他想到了老鼠药。可是，一想到自己将会像老鼠一样被毒死，有失作家的身份，他就退缩了。接着，他掏出了匕首。这把匕首是他表哥专门为他打造的作案工具，他又原封不动地把它带回来了，现在正好能派上用场。于是，谢永福掏出了早已准备好的匕首。

就在这时，妻子在他背后大声吼道："住手！永福，你想干什么？！"

谢永福惊恐地看了看妻子，说："雪儿，我对不起你们！我实在活不下去了！"

白雪走近丈夫，质问道："你不想活了，是吧？"

谢永福傻傻地点了点头。

白雪左手抱着不满两岁的女儿，右手狠狠地打在了丈夫的脸上："我让你不想活！"

谢永福惊讶地看着妻子，说道："雪儿，你……"

白雪盯着丈夫，说："你想死，是吗？那好，要死一块儿死！我陪着你，孩子也陪着你！留下你妈一个人在家里，可以吗？"

白雪把手伸出来，索要丈夫手上的匕首。

"你要干什么？"谢永福好像突然醒悟了，大声说道。

"你不是想死吗？不能把我们娘儿俩丢下不管呀！"白雪说。

谢永福顿时傻眼了，怎么会弄成这样？这下可好，连自杀的机会都没有了。

他终于明白了，此路不通。要是他们都死了，留在家里的老太太怎么办？

可是，现在闹成了这个样子，怎么收场？

思考了片刻，他的"创作灵感"就来了。他对妻子说："你以为我真的要自杀吗？笑话！我是搞创作的，小说里的主人公要自杀，我想来体验一下自杀的感受。你怎么这么傻呀！”

“什么？你……”白雪懵懂地看着丈夫，反倒不知所措了。丈夫简直是疯了，连自杀都要体验一下，真是不可理喻！

“我真的在想小说里的情节。好不容易有点儿感觉了，结果被你给搅黄了。雪儿，回家吧！”谢永福一边说，一边把遗书当纸钱给烧了，以免妻子怀疑。然后，他便带着妻子和孩子离开了父亲的坟地。

三

警方的侦查工作还在紧张地进行着。

前期的现场勘查和调查走访告一段落，专案指挥部要求全市各级公安机关在已掌握信息资料的基础上向纵深拓展，不放过任何蛛丝马迹，一查到底。

经过大量的调查走访，侦查员画出了犯罪嫌疑人的画像。公安机关以最快的速度发出了通缉令，在全省范围内通缉。

像画得再好，也难免会有不准确的地方。所以，根据画像寻找犯罪嫌疑人是一件没有太大把握的事情。但是，只要有一线希望，就不能放弃。公安机关根据画像进行了大量的检查、追踪和识别，但是收效甚微。

在很大程度上，侦破案件要依靠遗留在案发现场的痕迹物证，其中包括指纹。以往，根据指纹成功侦破的刑事案件不胜枚举。那么，“11・30”案件的专案民警能不能通过现场的指纹打开突破口呢?

侦查员们在现场发现了三枚指纹，并因此而明确了侦查方向。但是，当时的客观条件十分有限，各地的指纹库里保存的都是白底黑纹的卡片。侦查员只能跑到各地的指纹库，用肉眼比对指纹。这样一来，就大大地增加了工作量。查看成千上万的指纹图片，是多么不容易啊！但是，他们仍然不厌其烦，努力地进行着比对。专案组派出多路警力前往四川、安徽、上海、广东、云南等地进行排查，在案发地周围的县、市指纹库进行肉眼识别。有时候，一位办案民警一天就要辨认几千个指纹图片。

可是，一个月过去了，什么也没有查出来。侦查员们没有气馁，仍然坚持调查。有时候，只要听说外地有同类的案件，专案组就会派警员去了解情况，看是否能够并案。就这样，过去了很长时间，江州的公安民警换了一茬又一茬，前前后后参与办案的民警超过了一百人，侦查的对象也超过了三万人……

但是，依然没有突破。

还是回到犯罪现场的烟头上来吧，这是侦破案件的另一个关键点。当时，由于技术方面的原因，这几个烟头并没有引起专案组的重视。老莫之所以把这个光荣而艰巨的任务交给新来的大学生陈春林，说得好听一点儿，是因为老支队长对新来的大学生非常赏识；说得直白一点儿，则是因为老莫想找件事给新来的大学生干。陈春林不是在两个月前把草塘镇的杀人案件分析得头头是道吗？最终，还是老莫通过地上的烟头找到了突破口。现在，陈春林最早发现了那几个烟头。

那好，就让他从这几个烟头入手吧！

其实，这个时候，指纹比烟头更受重视。各地都已经建立了指纹库，借助指纹破案是大势所趋，技术也已经比较成熟了。可是，烟头就不同了。虽然烟头也是遗留在现场的珍贵线索，但是发现了烟头也解决不了问题。就算是提取了烟头上的生物检材，也无法检测。县里无法进行DNA比对，市里也不行，省厅同样没有这个条件。技术上还不成熟，破案的难度很大。

在公安大学读书的时候，陈春林就知道，美国、英国还有日本都已经把DNA比对识别用于破案了。于是，他直接打电话给自己的老师，希望能将烟蒂的生物检材送到学校的实验室进行比对。可是，老师委婉地拒绝了学生的请求，因为学校的实验室暂时无法解决这方面的问题，技术水平还没有达到要求。

看来，这条路暂时走不通。

也许正因为如此，老莫才顺水推舟，干脆让陈春林去琢磨这几个烟蒂。

显然，陈春林不可能从烟蒂上提取生物检材，无法实施DNA比对。现实与梦想之间的差距太大了！他能像老莫那样，看一眼烟蒂就能判断出犯罪嫌疑人的身份吗？老莫破案凭的是经验，而陈春林缺乏的恰恰是经验。

不过，他始终没有放弃，每天都在琢磨那五个烟蒂。老莫给了他一些提示："谁抽'山城'牌香烟？谁抽'白沙'牌香烟？在现场留下烟蒂的是凶手还是被害人？是一个人抽烟还是几个人抽烟……"

五个烟蒂中，有三个是"山城"牌的，有两个是"白沙"牌的，这说明了什么？说明了吸烟者的经济条件和所在地域的主要特征。抽“山城”牌香烟的人有可能来自川渝地区，而抽“白沙”牌香烟的人则有可能来自湖南长沙一带。受害人和作案者加起来一共六个人，通过走访可以排除三个调查对象。十一岁的被害小男孩儿，还有老板和老板娘他们两口子都不抽烟，那么这五个烟蒂就只能是两个作案者和另外一个受害人留下的了。但是，谁抽“山城”牌香烟，谁抽“白沙”牌香烟，陈春林他们一时还无法断定。根据小翠提供的线索，那三个人都抽烟。当然，她也不知道他们三个人当中，谁抽“山城”牌香烟，谁抽“白沙”牌香烟。她从来没有看到过他们掏出烟盒，也没有在房间里发现他们留下的烟盒。

陈春林最关心的就是这些细节，可是无论怎么琢磨和分析都无法判断出谁抽什么牌的香烟。犯罪嫌疑人的信息已经从登记册上消失了，而被害人于登峰的信息则还在上面。据服务员小翠介绍，于登峰是山东人，来仁安做生意，每次到三岔口都住陈记旅店。可是，于登峰到底抽哪个牌子的香烟，她也不知道。

三个人，两种烟，谁抽哪一种成了谜。

陈春林做事还是挺细致的，把受害者的生物检材留下了，也许以后科技发展了能用上。

这个时候，他只能看着那几个烟蒂发呆了。一天，他无意间看到了烟蒂上的牙印，就像当初老莫看到“喇叭筒”一样。这时，陈春林突然想起了什么。三个牙印的深度和形状十分相似，其中一个牙印在烟蒂的海绵上，尖尖的。陈春林被这三个牙印吸引了，脑子在不停地转动。可以肯定，这三个烟蒂是同一个人丢下的。那么，这个人是犯罪嫌疑人还是受害人呢？

很明显，这是虎牙留下的印迹。犯罪嫌疑人还没有找到，无法验证。可是，受害人的尸体还在。对，只要看看受害人中谁长着这样的虎牙，就可以判断出“山城”牌香烟的主人是谁。

受害人的尸体被送到殡仪馆了，于是陈春林便提出了去殡仪馆查看尸体的申请。火化前十分钟，陈春林打开了盖在受害人于登峰脸上的白布。他戴上手套，扒开于登峰的嘴唇，一颗一颗地检查死者的牙齿。于登峰一颗虎牙都没有，可以被排除了。因此，可以肯定，那三个烟蒂是两个犯罪嫌疑人中的一个留下的。

那个人是谁？他在哪儿？

两个犯罪嫌疑人来自川渝地区，那么侦查的范围便可以缩小了。然而，要锁定犯罪嫌疑人活动的地点，还要费一番工夫。所以，侦查还在继续……

四

有很长一段时间，谢永福都在痛苦中煎熬。他很后悔，自己竟然干出了如此丧尽天良的事情。每当看到鲜血，他就会抽搐，想要呕吐，不论是人血还是动物的血。每当看到尸体，他都会难受，不管是人的尸体还是动物的尸体。每到这时，他都会本能地想起千里之外那四条无辜的生命。他常常半夜被吓醒，担心把握不住，晚上说梦话时把那件事情说出来。从父亲的坟地回来之后，他就再也没有跟妻子睡过一张床。他怕泄露天机，引来杀身之祸。只有在欲望强烈的时候，他才会回到妻子身边。干完事之后，他便会回到那间小屋，冠冕堂皇地跟妻子说自己要写作。一切反常的举动，都可以用写作来搪塞。他把那件天大的事情隐瞒得天衣无缝，无人知晓。

但是，谁都可以瞒，唯独不能瞒自己。无数个白天黑夜，他都在痛苦中煎熬。他后悔了，想要自首，但是他无法面对可怕的后果。他想自杀，做好了准备，却被妻子发现了。他转念一想，自己要是自杀了，这个家不就毁了吗？就这样，他想了很长一段时间，还是没有结果。最后，他下定决心，再痛苦也要活下去。他等着警察找上门来，可这一天却迟迟没有到来。怎么办？他不能总是这样惶惶不可终日，要想办法淡忘那件事。他必须干点儿事情，充实自己。可是，他既不会干农活儿，也不会干家务，又不方便出去打工，只好一门儿心思在家码字了。在县城，甚至在市里，他也算得上有名的作家了。但是，他很清楚，自己离真正的作家还差得很远。他突然觉得，自己应该在这方面努力去做些什么，以掩盖自己犯下的滔天罪行。

他有一个文学导师，叫盛伯乐，是他上高中时的班主任。盛伯乐是一个真正意义上的作家，曾经在《人民文学》《当代》《十月》《诗刊》等杂志上发表过很多篇小说、散文和诗歌。谢永福创作的第一篇短篇小说就是盛老师指导并推荐给国家级文学刊物发表的，而谢永福创作的第一篇散文也是盛老师亲自修改并推荐给国家级文学刊物发表的。谢永福创作的第一首诗歌，同样是盛老师修改后，发表在了省级报纸的副刊上。在写作方面，盛老师是他真正的伯乐。没有盛老师的指点，就没有今天的谢永福。那件事情发生之后，他一度不敢去见盛老师，害怕老师的那双目光犀利的眼睛。有很长一段时间，他没有跟盛老师联系。这天，盛老师打来电话，问他最近怎么样。谢永福支支吾吾地回答说，过得还可以。盛老师说，好长时间没见面了，有事要跟他说，让他抽时间去一趟县城。

放下电话，谢永福有些惶恐。老师找他干什么呢？难道老师知道了他干的事？冷静下来一想，这不可能。那件事不归老师管，要管也是警察管。突然，他觉得自己很可笑，简直是草木皆兵。

最关键的是，他过不了自己这一关。他知道，如果战胜不了自己，就永远走不出阴影。于是，他提醒自己，必须迈开步子向前走。

周末，他去了一趟自己的母校县一中，见了盛伯乐老师。

“老师，您找我？”谢永福有些忐忑不安，有些心虚。

“最近怎么样？”

“还好。”

“有些日子没写东西了吧，是不是泄气了？停笔了？”

“没有。家里事多，瞎忙。”

“这可不是什么好借口，再忙也要坚持！叫你来，是有件事……”

“什么事？”

“申请加入中国作家协会吧。我把申请表给你拿来了，你赶紧填一下吧。我跟省作协的马主席说好了，请他做你的推荐人。他已经答应了！”

“加入中国作协？”谢永福有些惊讶。如果是别人让他加入中国作协，他不会感到奇怪。他的老师要他加入中国作协，他就不敢相信了。老师是非常有名的作家，许多著名作家和中国作协的两位领导邀请他加入中国作协，他都委婉谢绝了。他认为，只有作品是实实在在的，其他的都是虚的。

“老师，您不是……”他想问，但是没有说出口。

“我是我，你是你。你还年轻，需要这样一个平台。加入中国作协，对你走文学这条路是有好处的。你会结识更多的专家、大咖，会很快融入这个圈子。你现在刚刚起步，不能单打独斗。”

“可是，您……”

“虽然我不是作协会员，可我在文坛还多少有些影响，推荐你进作协应该没问题。赶紧把表填了！”

“谢谢老师！”谢永福向老师深深地鞠了一躬。其实，他做梦都想加入中国作协，只是担心自己不够资格。省里有好几位著作颇丰的作家，申请了好几年都没能加入中国作协。现在，有老师推荐，他当然不会错过这个机会。于是，从盛老师家出来，他便径直去省作协找马主席了。由马主席和省里的一位著名作家共同推荐，第二年春天，中国作家协会便增加了一个新会员——农村作家谢永福。

谢永福是努力的，也是用心的。此后，有很长一段时间，他都在全身心地搞创作。虽然没有创作出惊世之作，但是他在当地的文学界还是掀起了一些涟漪：从在《江州文学》杂志上发表处女作，到在国家级报刊上发表短篇小说、散文和诗歌，再到出版长篇小说，他在文学的道路上越走越远……

他以为这样潜心写作，就能够把那件事忘掉，可实际上，一直有人在惦记他。

惦记他的人不是别人，正是他的同班同学陈春林！

五

陈春林和谢永福在高中时是同班同学。他们在江湾县第一中学同桌了三年，一起度过了愉快的高中生活。

在他们那个班，班主任盛伯乐最欣赏和看重的就是他们两个人。陈春林发展全面，成绩一直保持年级第一。班主任也好，学校领导也好，都对他寄予厚望。不出意外的话，他肯定是县里的高考状元，甚至能在县里、省里排上靠前的名次。可是，陈春林却对高考状元不感兴趣。高考结束后，他的成绩远远超过了重点线，在渝都市排进了前三名。凭借这个成绩，他完全可以填报清华、北大，可是他却只选择了公安院校。他的第一志愿是公安院校，第二志愿还是公安院校。他想当警察，最理想的学校就是中国人民公安大学。最初，班主任盛伯乐很不理解，问他为什么没有选择清华、北大。陈春林犹豫了一下，最终把报考公安院校的原因告诉了他。

原来，陈春林的父亲是江州市东城区公安分局刑侦大队的警察。陈春林跟着母亲、奶奶在老家渝都生活，父亲在江州工作。他们已经办好了搬迁到江州的手续，只等陈春林高考后就去与陈春林的父亲团聚了。可是，就在高考前四个月，父亲在执行任务的时候，为了保护当事人，被犯罪嫌疑人残忍地杀害了。从父亲被害的那天起，陈春林就发誓要当一名人民警察。了解到陈春林的想法，班主任二话没说，全力支持他。就这样，陈春林顺利地考上了公安院校，当上了警察。他的好同学谢永福得到老师的青睐，并不是因为学习成绩优秀。谢永福在学习上严重偏科，作文写得相当好，理科却成绩平平。但是，他偏偏认为学理科更有出息。就这样，他留在了理科班，最终落榜了，结束了他的读书生涯。

在高中阶段，谢永福和陈春林的关系一直不错，算是无话不说的哥们儿。高中毕业之后，他们两个人就各奔前程了，断了联系。

三岔口陈记旅店抢劫杀人案发生以后，陈春林一直在对犯罪现场的三个“山城”牌香烟的烟蒂进行研究。有一天，他正看着那三个烟蒂发呆，突然觉得上面的牙印好像在哪里见过。他冥思苦想，终于想起了一个人。这个人不是别人，正是他的高中同学谢永福。

陈春林突然想起谢永福，不是凭空想象，而是烟蒂上的牙印使他产生了联想。尖尖的牙印深深地陷在那三个烟蒂的海绵里，给陈春林留下了深刻的印象。他用肉眼反复看了之后，还是没有把握，又用放大镜反复观察。他发现，这三个牙印与“同桌的你”谢永福左边那颗虎牙非常吻合。那几年，谢永福坐在陈春林的右边，陈春林一转头就能看到谢永福的那颗虎牙。太像了，绝对没错！

不看不知道，一看吓一跳！

难道是他——多年不见的同学谢永福？

那三个烟蒂和谢永福左边的那颗虎牙在陈春林的脑子里不断浮现。最后，他终于想起来了，谢永福读高中的时候就抽烟，而且抽的就是这种两块钱一盒的“山城”牌香烟。当年，谢永福家的经济条件不是很好，抽这种烟合情合理。可是，现在谢永福已经是著名作家了，还会抽这种香烟吗？如果在现场留下烟蒂的人就是谢永福，那就跟调查走访的结果一致了。犯罪嫌疑人说话时带着川渝地区的口音，而谢永福是渝都人，不能排除作案嫌疑。最重要的是，烟蒂上的牙印与谢永福的牙印极其相似。

难道真的是他？

不可能！谢永福现在是著名作家，怎么可能干出这种事？

仅凭一个牙印就怀疑人家是抢劫杀人犯，这也太不靠谱了吧！

可是，印象一旦形成了，就很难改变。

有一天，他把自己的想法跟老莫说了。

“我怀疑一个人。”陈春林说。

“谁？”老莫忙问。

“我的一个同学。”陈春林回答。

“为什么？”老莫又问。

“因为现场烟蒂上的牙印很像是我的同学留下的。”陈春林很认真地回答。

“哦？说说你的理由！”老莫一下子就来了兴趣。

于是，陈春林说出了自己的看法。

老莫一听，有些失望地问：“就凭这个牙印？”

“对。”

“我也怀疑一个人。”老莫说，“你看看来我们支队实习的王斌，他是不是也有一颗虎牙？像不像那三个烟蒂上的牙印？”老莫这话里话外，好像是在嘲笑陈春林。言外之意是，你看看，有多少人长了虎牙，又有多少人的牙印与那三个烟蒂上的牙印相似！

这也算是发现?

陈春林顿时觉得有些不好意思。他想了想，觉得老莫说的有道理。王斌也长了虎牙，难道他也是犯罪嫌疑人?

就在这时，王斌拿着一份材料走到门口，喊了一声："报告!"

老莫回答道："进来!"

老莫抬头一看，正是王斌，忙说："是你，叫王斌吧?"

"是的，我叫王斌。莫支队长，这是您要的材料。是张大队长叫我给您送来的!"王斌回答。

老莫指了指桌子，示意王斌把材料放到桌上，然后说："你过来一下!"

王斌走近老莫，莫名其妙地看了看支队长，不知莫老爷子要他干什么。

"把嘴张开!"老莫说。

于是，王斌就把嘴张开了。

"张大一些，把牙齿给我看看!"老莫继续说。

王斌使劲儿张开嘴，仰着头，露出了牙齿。

老莫看了一阵儿，又叫陈春林来看。

陈春林仔细看了看王斌的那颗虎牙，确实很像"凶手"的虎牙。他心里有些惭愧，脸上感觉火辣辣的。他有些后悔，不该胡乱怀疑自己的同学谢永福。

老莫从烟盒里抽出一根过滤嘴香烟，递给王斌，说："用这颗虎牙咬住这根烟!"

王斌不知道支队长这葫芦里卖的什么药，让咬就咬。

接着，老莫又喊："使劲儿咬，我要你这颗虎牙的印子!"

王斌使劲儿咬了咬那根烟，然后把烟递给了老莫。

老莫看了看牙印，然后把烟递给了陈春林。

陈春林接过那根烟一看，上面的牙印与凶杀案现场烟蒂上的牙印没什么两样。

“怎么样，像不像？”老莫问。

陈春林仔细看了看，陷入了沉思。按照他先前的逻辑，王斌不就是凶手吗？

王斌似乎看出了什么，警觉地问：“支队长，您这是什么意思？您是不是怀疑我？”

老莫并没有回避这个问题。既然陈春林想到了牙印的问题，那么就要分析这个牙印对破案是不是有用，是不是唯一的痕迹。

“王斌，上个月的 30 号，你在哪儿？在干什么？谁能证明？”老莫问。

“上个月的 30 号？那时候，我在警察学院集训，学校可以证明。怎么，你们这是在怀疑我？”王斌终于想到了这个关键问题。

“别紧张，每个人都有可能被怀疑。你放心，你没有作案时间，应该没事。我和春林在进行案情模拟分析，一切都是假设，实际上跟你没有任何关系。你出去吧，不要有任何顾虑。”老莫安抚着王斌。

“啊？怎么……”王斌还是没有想通，自己为什么被怀疑。难道刑侦支队破案都先拿自己人开刀吗？

他不好意思多说，只好悻悻地离开了。

陈春林仍然留在支队长的办公室。为什么留下来，连他自己也说不清楚。

老莫在出门前，顺手把王斌咬过的那根烟扔到垃圾桶里，然后说：“仅凭一个牙印，说明不了什么。在这座城市里，有成千上万个长着虎牙的人，不可能都是此案的犯罪嫌疑人。我们要通过从现场提取的生物检材或者痕迹物证来寻找它们的主人。生物检材和痕迹物证具有唯一性，而牙印却不是唯一的，你说是不是？”

陈春林默默地点了点头。看来，他的第一印象是错的，这条路走不通。

“我还有个会……有什么问题，咱们下次再聊。”莫支队长下了逐客令，陈春林只好说声“谢谢”，便匆匆地离开了支队长办公室。

六

警方一直在全力侦破“11 · 30”案件，各项工作都在有条不紊地进行着。然而，两名犯罪嫌疑人逃离作案现场后，如同人间蒸发，没有了踪迹。

他们是谁？他们在哪儿？

一年过去了，两年过去了，三年过去了，案件的侦破工作陷入了僵局。

到了第四年，因为有大量的其他工作要做，专案组解散了。最受莫支队长器重的陈春林离开刑侦支队，去了看守所。

陈春林去看守所，表面上是工作上的正常交流，实际上原因很复杂。

陈春林刚来刑侦支队的时候，很受老莫的赏识。老莫欣赏他思维敏捷，分析问题透彻。用老莫的话说，就是“这伢子脑壳灵活，只要好好打磨，将来就是个优秀的侦查员”。陈春林作为恢复高考制度以后的第一批大学生，被分配到了市公安局，是很稀缺的人才。到了工作单位之后，他表现出色，分析问题和解决问题的能力不输老警察。在那个年代，像陈春林这样有知识、有能力的年轻干部可以说是前途无量。

可是，陈春林的从警之路并没有那么平坦。

单位的领导，特别是像老莫这样的“直接领导”，往往喜欢听话的下属，可陈春林偏偏是个“不听话”的人。他崇拜老莫，但又不盲从。在这个城市里，老莫有个外号，叫作“莫阎王”，社会上的小流氓暗地里都这么叫他。“严打”的时候，老莫率领队里的警察冲锋在前，重拳出击，一度名声在外。

在刑侦支队，老莫最具权威。陈春林进入刑侦支队之后，明显地感觉到，老莫说一不二，没有人怀疑过，更没有人反对过。陈春林觉得，老莫破案确实有一套，但是三岔口陈氏旅店的惨案几年未破，刑侦支队的每个人都有责任，包括老莫。有一天，陈春林把自己的一些想法直接跟老莫说了。

老莫看了看陈春林，好像突然不认识眼前的这个人了。

陈春林平时爱开玩笑，特别喜欢给同事起绰号。同事之间相处得比较好，开开玩笑，其实也没什么。可是，陈春林给老莫（莫舒友）取了个绰号叫“莫须有”，这个玩笑可开大了。

“莫阎王”和“莫须有”这两个绰号加在一起，麻烦可就大了。

纸里包不住火，老莫很快就知道了陈春林给他起绰号的事。正好市公安局各单位要派民警轮岗交流，为了锻炼和教育自己的徒弟，老莫毫不犹豫地让陈春林去了监管支队的看守所。一夜之间，陈春林由一个刑警变成了一个看守民警……

第二章　临危受命

一

到看守所工作以后，陈春林的心情简直是糟透了。他放弃了那么多机会，没有留在省公安厅，也没有去公安大学工作，一心想去江州——父亲牺牲的地方，完成父亲未完成的事业，当个好警察。现在，梦想破灭了，他不免有些心灰意冷。当然，看守犯人也是革命工作，可他实在是不甘心。

就在他情绪低落的时候，一个人出现在了他的面前，这个人便是王琴琴。

王琴琴是女子看守所的民警，比陈春林晚两年参加工作，是从警校毕业的警花。她长得非常漂亮，瓜子脸，高鼻梁，乌黑的眼睛炯炯有神。她身材苗条，一米七的个子，皮肤白得透明。她特别聪明，很有头脑，属于那种既有俊俏外表又有美丽心灵的女孩。听说，王琴琴的追求者已经排成了长队，王琴琴一个都没看上，却对陈春林情有独钟。

其实，陈春林来看守所之前，就和王琴琴相识了。陈春林一到刑侦支队，就被分到了重案大队。重案大队有个法医，名叫柳青，人长得清秀，工作作风十分泼辣。原本，她对陈春林有点儿意思，可陈春林对她却毫无感觉。陈春林一到刑侦支队就赶上了两个大案子：一个是草塘镇抢劫杀人案，三天破案，一度成为佳话；另一个是三岔口命案，三年未破。陈春林是个事业心极强的人，三年来一心扑在案子上，根本无暇顾及个人感情。柳青多次暗送秋波，陈春林却没有半点儿反应。

有一次，柳青干脆跟他说：“咱们谈朋友吧。”

陈春林认真地看了看柳青，负责任地说：“我们不合适。”

柳青问：“为什么？还没谈呢，你怎么知道不合适？”

陈春林说：“不用谈了，真不合适。我不想浪费你的青春，咱们做‘哥们儿’更合适。”

就这样，他们俩成了“哥们儿”。

柳青和王琴琴是警校的同学，又是闺蜜。于是，柳青就把自己跟陈春林表白的事情跟王琴琴说了。王琴琴不信，觉得陈春林不是心里有鬼，就是生理有问题。

柳青说：“要不你试试？”

王琴琴说：“试试就试试，谁怕谁呀！”

于是，柳青就安排王琴琴跟陈春林一起吃了顿饭。从那以后，王琴琴就时常打电话给陈春林，嘘寒问暖。陈春林总是客客气气地接电话，有礼貌地回应她，却从来没有触碰儿女情长的话题。

有一天，柳青问王琴琴：“怎么样，有进展吗？”

王琴琴说：“还是老样子，不冷也不热。”

直到陈春林来到看守所，才有了转机。

有一天，在食堂吃饭的时候，王琴琴问陈春林："你打算永远这样萎靡不振下去吗？"

"不然呢？"

"你就不想想为什么会这样吗？"

"不就是给莫老爷子取了个绰号嘛！"

"你怎么就不往深里想想呢？"

"你……"

"我觉得，没有那么简单。你的情况，柳青已经对我说了。我觉得，你给不给老莫起这个绰号，都会挨他一刀。"

"哦？此话怎讲？"陈春林有些惊讶。

于是，王琴琴就说出了她的看法。

在王琴琴看来，陈春林和老莫的碰撞是必然的。她的理由十分充足："首先，你的到来对老莫来说是一个巨大的冲击。你们第一次合作，交流得非常融洽，对案情的分析十分到位，成功地把案子破了。但是，我认为，这既是你们合作的顶点，也是终点。"

"为什么呢？"陈春林问道。

"因为，刑侦支队里除了老莫，没有人能把案子分析得这么透彻。初生牛犊不怕虎，你看到什么就讲什么，一开始就犯了大忌。"

"什么大忌？"

"你把话说满了，把事看透了。老莫已经快六十岁了，经验丰富，业务水平顶呱呱。你一上来就这么咄咄逼人，对他的权威构成了威胁，他能不生气吗？"

"我怎么会对他构成威胁呢？"

“你刚从学校出来，一心想着案子，对这些事情当然没有察觉!”

“还有呢?”

“还有，你很少顾及老莫的面子，经常在大庭广众之下跟他唱反调。你想想，他在公安战线摸爬滚打了这么多年，哪容得下你这个黄毛小子说三道四?”

“有意见也不能提吗?”

“不是不能提，而是要看给谁提、怎么提。这里面的学问大得很!”

“有这么复杂吗?”

“实际上，比咱们看到的要复杂得多。你连这些都发现不了吗?”

陈春林摇了摇头。他好像生活在真空中，想说就说，想干就干，人情世故一点儿都不懂。他发现，眼前这位姑娘不仅长得漂亮，而且生活的经验比他丰富。他隐隐约约地觉得，自己身边要是有这么一位姑娘陪伴该有多好啊!

“还有一个忌讳的事，你应该猜到了，那就是你给老莫起了个外号。他叫莫舒友，你只改了一个字，把‘舒’改成了‘须’，就变成了‘莫须有’。这样一来，大家就会误认为老莫办案时会给人加上莫须有的罪名，这可太要命了！对一个执法多年的老警察来说，这种伤害是致命的！这些，你想过吗?”

陈春林傻傻地看着王琴琴，被她的话震撼了。他终于认识到，自己的言行触碰了老莫的底线。尽管老莫很欣赏陈春林在侦查破案方面的天赋和才能，一心想把他这个烈士的后代培养成优秀的侦查员，但是经过一段时间的接触，老莫越来越觉得陈春林无论在行事风格上，还是在执法理念上，都与自己格格不入。老莫明显地感觉到，这个后生不是他所期望的好苗子。在他看来，陈春林在思想意识方面，与一个好的侦查员有很大的差距。

事实上，随着时间的推移，他和老莫之间的冲突越来越严重。给老莫起外号只不过是导火线，他们的执法理念相去甚远。

“其实，来看守所工作也不见得是坏事。”王琴琴说，“至少，老莫没有处分你，只是给你换了个工作岗位。老莫的权威是不容撼动的，权当给你一个历练的机会吧。”

听了王琴琴的这番话，陈春林突然觉得自己把问题看得过于简单了。社会是一个大课堂，有很多东西需要他去学习。

从此以后，他便和王琴琴成了非常要好的朋友。

看守所旁边有个警察学校，专门培训在职的警察。陈春林在那个学校担任过刑事侦查学专业的兼职教师，还担任过射击队的兼职教练。在公安大学上学时，陈春林获得过射击比赛的第一名，所以这所学校的领导经常请他去上课。现在，到了看守所，他经常利用业余时间邀请王琴琴去警校练习射击。教王琴琴握枪、瞄准时，他和王琴琴手握着手，肩并着肩，能感觉到彼此的呼吸和心跳。一来二去，两个人的关系越来越近了。

王琴琴经常开导陈春林，在精神上给他安慰。他们很谈得来，到了无话不说的地步。有时候，陈春林的心里会涌起一种莫名的爱意。他突然觉得，王琴琴就是自己要找的女人。可是，陈春林很清楚，自己根本配不上她。王琴琴长得那么漂亮，又那么有智慧，能看上他吗？现在，他已经被“发配”到了看守所，还能和她走到一起吗？

然而，在他心里，王琴琴的分量越来越重。他曾经无数次为她心动，到了无法自拔的地步。

应该说，王琴琴也是非常欣赏陈春林的。她欣赏他的才华，更欣赏他的人品。她早就听同学柳青说过，陈春林是个难得的人才。在她看来，陈春林就像一块没有被雕刻过的玉，淳朴而又质地优良。随着了解的加深，她渐渐地爱上了这个男人。

看守所里有一个很大的鱼塘，四周绿树成荫，幽静而美丽。有一天，吃过晚饭，陈春林约王琴琴出去散步。走着走着，陈春林突然停下脚步，深情地看着王琴琴。

“嫁给我吧，王琴琴！”他没有进行任何铺垫，直奔主题。

“什么？你……”王琴琴不敢相信这是真的。平时，陈春林在感情方面一直很木讷，怎么一下子就大胆起来了呢？

“我是认真的，真心喜欢你。”陈春林大胆地发起了进攻。

“可是，我……”王琴琴还没有做好思想准备。

“你只要告诉我……愿意还是不愿意？”陈春林干脆利落地说道，没有半点儿犹豫。

王琴琴深情地看着陈春林，默默地点了点头……

二

陈春林在看守所工作了一年，最大的收获就是找到了自己的人生伴侣王琴琴。

可是，他并不甘心在这里干一辈子，因为他实在太喜欢破案了。局里新成立了一个禁毒支队，支队长亲自来看守所找到了陈春林，希望他能去禁毒支队，可是上面没批。后来，打击经济犯罪的任务从刑侦支队转到了新组建的经侦支队。经侦支队的政委来找陈春林，希望他去经侦支队。结果，上级领导仍然没有同意。

这下陈春林可受到了打击，从此一蹶不振。

可是，突然有一天，刑侦支队的政委赵宝康找到了陈春林，让他赶紧收拾行李，回刑侦支队。

陈春林没有任何思想准备，以为赵政委在开玩笑："赵政委，您就别拿我开玩笑了！到别的地方还有可能，回刑侦支队——我就不做这个梦了。"

赵宝康说："是老莫让我来找你的!"

"真的吗?"

"千真万确。"

"可是……"

"你可别小看了老莫，他是不会因为'莫须有'这个绰号难为你的。他是想让你到看守所历练一下，多接触一些犯罪嫌疑人，了解他们的犯罪心理和作案规律，有利于以后的侦破工作。"

"此话当真?"

"军中无戏言。还记得吧，禁毒支队的人想让你去，局里没同意；经侦支队的人也想让你去，局里还是没同意。知道为什么吗?"

"为什么?"

"老莫向局长打招呼了，说你是刑侦支队的人，谁也别想把你挖走！这不，他叫我来接你回去。走吧，别磨磨叽叽!"

听了这话，陈春林十分激动。老莫总算想通了，叫他回刑侦支队上班。可是，他又想，不能就这么轻易回去，否则就太没面子了。但是，他预言又止。眼下，归队是头等大事，其他事情都可以放在一边。

走！立即就走！

于是，他当天就进行了交接，回到了他做梦都想去的地方——刑侦支队。

回到刑侦支队以后，他脚跟还没有站稳，就被老莫叫去“上案子”了。

又是一起大案！

在江州市下辖的长宁县古塘村，发生了一起特大凶杀案。该县的一个黄姓养殖大户，一家六口在家中遇害，户主黄金龙因外出未归而幸免于难。省里和市里的领导非常重视，要求公安机关不惜一切代价，全力破案。一时间，全省的刑侦高手云集古塘，陈春林也跟随老莫来到了案发现场。

屋内一片狼藉，六名受害人倒在血泊之中。凶手与他们有什么样的深仇大恨？为何对他们下此毒手？

民警们经过勘查，初步将案件定性为仇杀。

经过摸排，民警们了解到，本村有一户姓张的人家与被害的一家人有世仇。张家的户主是个杀猪的，曾经多次为土地承包的事情与被害人吵架，到了动刀子的地步。姓张的户主曾经多次扬言，总有一天要搞死黄金龙一家。黄家的案子刚一发生，就有很多群众反映，肯定是张家的屠夫干的。

经过一番调查，民警们发现，姓张的屠夫确实有作案嫌疑。首先，他和黄家有仇，有明显的作案动机。其次，在案发当晚，他既没有在家，也无法证明自己在外面和其他人在一起。因此，不能排除他有作案时间。姓张的屠夫家里有的是杀猪刀，很有可能就是作案工具。他既有杀人动机、杀人时间，又有杀人工具，完全具备作案的条件。更加可疑的是，姓张的屠夫竟然在案发后不见了踪影。猪也不杀了，肉也不卖了，他会去哪儿呢？种种迹象表明，这个姓张的屠夫与此案脱不了干系。

很快，专案组就把这个姓张的屠夫定为了头号嫌疑人。民警们费了九牛二虎之力，终于在他的远房亲戚家找到了他。讯问时，民警问他为什么逃跑。开始，他什么也不说。可是，一听说黄家的案子与他有关，他就只好道出了实情。原来，案发当晚，他在邻乡偷偷地杀了一头水牛，连夜拖到农贸市场卖了。他在报纸上看到了黄家的案子，生怕警察怀疑到他头上，就干脆跑到了外地的亲戚家。他想，等过了这阵子，警察破了案，再回来也不迟。没想到，警察这么快就找上门来了。杀人案没有破，却破了个杀牛案，真是让人哭笑不得。

看来，民警们得转变思路，重新破案了。黄家是当地的首富，靠养鱼发了财。犯罪嫌疑人很可能是盯上了黄家的钱财，干出了谋财害命的勾当。可是，他为什么要连续杀害六个人，连三岁的小孩儿都不放过呢？犯罪现场的柜子没有被打开过，金银首饰和存折、现金全都没有丢。那么，杀人的动机究竟是什么呢？

民警们进行了大量的走访调查，甄别了上千人，始终找不到突破口。

就在这时，老莫累病了，被强行抬进了当地的卫生院。临走的时候，老莫对陈春林说：“你先把现场吃透，不要放过任何线索。一有了新的发现，就马上来找我！”

其实，陈春林一开始就进入了角色，勘查现场、分析案情，一样都没落下。他刚从看守所那边过来，一切都得从头开始。他改变了为人处世的风格，默默地坚守，不作任何解释。老莫说，要从现场找突破口，多注意与黄金龙来往频繁的人。于是，陈春林就把注意力集中在了犯罪现场。一连两天，他都在那间弥漫着血腥气味的屋子里转悠，和刑侦技术人员一道查找线索，模拟犯罪过程。

有一天，陈春林在死者家门外聚精会神地琢磨歹徒是怎么进屋作案的，无暇顾及周围的情况。就在这时，一只大黄狗溜到他身后，咬住他的小腿就往后拖。陈春林抓住地上的一根棒子，狠狠地打在了大黄狗的背上。大黄狗尖叫了一声，松了口。随后，那家伙反扑过来，差点儿又咬了陈春林一口。幸亏隔壁邻居家的黄春耕赶来，将狗制服了。此时，陈春林突然想起了一件事。案发当晚，这条凶狠的大黄狗会不会发出叫声？会不会去撕咬犯罪嫌疑人？

陈春林出生在县城，对农村的狗比较了解。在农村，为了保家护院，家家户户都养狗。只要来了生人，狗就会又咬又叫。犯罪嫌疑人在黄家杀了六个人，一定会有响动，狗绝对不会没有反应。按照常理，狗肯定会叫。狗叫了，凶手会有什么反应？被害人会有什么反应？邻居会有什么反应？

黄家的邻居有两家，东边是李家，西边是黄金龙的堂兄黄春耕家。有几名侦查员访问过被害人的邻居，他们都说没听到过狗叫。这也正常，人睡沉了，打雷都听不见。狗也是一样，也有偷懒的时候，见了生人也不叫，或者叫几声就不叫了。遇到这种情况，没人会当回事儿。可是，陈春林通过观察，发现隔壁邻居家的狗不是一条懒狗。陈春林只是在外面看看，就被它偷袭了。那么，如果遇见了犯罪嫌疑人，它会保持沉默吗？对此，犯罪嫌疑人怎么会不理睬呢？偷东西还得踩点呢，更何况作了这么大的案子！

怎样才能让狗不叫呢？除非把它干掉，或者让它吃药后变成哑巴。还有一种情况，那就是：犯罪嫌疑人是狗的熟人或者主人。现在，狗既没有被干掉，也没有变成哑巴，那就只剩下一种情况了：犯罪嫌疑人是狗的熟人或者主人。凶手就在这些人中间！如此看来，黄家的邻居有重大嫌疑！

陈春林立即跑到卫生院，把自己的想法向老莫进行了汇报。老莫琢磨了好一阵儿，突然拔掉了输液的针头，拍了拍陈春林的肩膀，说："小伙子，你这书可没白读！走吧，抓人去吧！"

此时，陈春林不免有些疑惑。到底谁是凶手？抓什么人呢？现在下结论，是不是草率了点儿？

老莫说："放心吧，凶手就是狗的主人黄春耕！"

陈春林他们把黄春耕带回来一审，凶手果然是他。

原来，黄春耕家与死者家是"五服之内"的本家。黄春耕杀了邻居一家六口人，既有偶然因素，又有必然因素。三年前，黄春耕当上了本村的村委会主任。后来，他从村委会主任的位置上退下来了，成了地道的农民。黄春耕早就看上了堂弟的老婆——被害人文梅。以前，黄春耕调戏过她几次，都没有成功。这一次，他得知文梅的老公到县里去参加全县劳模表彰大会了，便在深夜来到文梅家中，企图强奸熟睡中的文梅。文梅从睡梦中惊醒，摆脱了黄春耕的纠缠。一见此人是自己老公的堂兄，文梅就没有喊出声来。黄春耕跪在地上求饶，请求文梅不要声张，文梅答应了。

得到原谅之后，黄春耕便从堂弟家走了出来，准备回家。可是，他仍然不放心，便返回了堂弟家，躲在窗户外面偷听屋里的动静。

就在这时，文梅的婆婆听到儿媳妇的房里有说话声，就过来了。于是，文梅就跟婆婆说了这件事。婆婆一听，十分愤怒，坚决不同意就这么不了了之。她准备第二天就把这件事告诉村委会主任，讨回公道。黄春耕听到这话，马上就意识到了问题的严重性。这件事要是被村里人知道了，他可怎么活呀！

与其这样，还不如……

黄春耕从外面捡来两块红砖当武器，蹲在窗外等待时机。婆媳俩的谈话声停止之后，又过了一会儿，他才悄悄地潜入了文梅的房间。此时，文梅和婆婆都已经睡熟了。黄春耕用砖头猛地拍了一下文梅的脑袋，文梅便在睡梦中失去了生命。接着，他用同样的方法要了睡在床的另一头的文梅婆婆的命。黄春耕不放心，又补拍了两下。文梅十八岁的小姑子听到动静，朝文梅的房间走过来，在房门口被黄春耕一砖头拍倒在地，然后又被拍了两下，停止了呼吸。随后，文梅的奶奶和两个年幼的孩子也惨死在了黄春耕的砖头下……

作案后，黄春耕逃离了现场，把作案工具丢到了房前的水塘里，把血衣埋在了自家的菜地里。

公安机关对案件进行调查的时候，黄春耕作为村委会的老干部，一直在为专案组服务，还主动为死者办丧事。在葬礼上，他比谁哭得都厉害。另外，他特别喜欢打听警察破案的进展，生怕警察怀疑到他的身上。直到陈春林带人把他从家中带走，他才意识到，自己的末日即将来临。

经过审讯，黄春耕终于交代了全部犯罪事实。从发案到抓住凶手，一共十五天。这起惊天大案终于告破……

三

都说陈春林被“发配”到看守所，是老莫对他的惩罚，原因是陈春林给老莫起了一个外号叫“莫须有”。如果真这么看，那就小看老莫了。在刑侦支队，有师父带徒弟的优良传统。一个经验丰富的侦查员，身后总会跟着两三个得力的助手。这些年，老莫一直在寻找有潜质的好苗子，为刑侦支队培养接班人。以前，他带过好多徒弟，但是没有真正让他满意的。自从陈春林来到刑侦支队，老莫就发现这个后生有些“不一样”。他思维敏捷，对案子的判断有独到之处，是当刑警的好材料。于是，老莫就有意磨炼陈春林，想把他打造成真正的刑警。

老莫十分看好陈春林，却不想让陈春林时时刻刻待在他身边。他希望陈春林到最艰苦的地方去，得到最好的磨炼。看守所远离城市，各方面条件都不如城里，是个磨炼意志的好地方。正好局里有轮岗交流的政策，他就让陈春林离开刑侦支队，去了看守所。这样一来，陈春林就会有一种“蒙冤受屈”的感觉，从而激发他的斗志。老莫这样做，完全是为了陈春林。他不怕陈春林记恨他，只为陈春林能够早日成才。

陈春林在看守所工作了一年。在这一年中，老莫不止一次悄悄地打听陈春林的工作情况。听说陈春林在事业上蒸蒸日上，还跟所里的女民警王琴琴谈上了恋爱，老莫高兴极了。

一年过去了，陈春林没有辜负他的期望，事业、爱情双丰收。

可是，老莫的身体却一天不如一天。他立即向主管领导打报告，要把陈春林调回来。

老莫是局里的元老，在公安部都挂了号。他说要人，局里肯定会批准。

陈春林刚回到刑侦支队，就赶上了侦破长宁县古塘村的特大入室杀人案。他表现出色，和同事们一起成功地侦破了案件。

后来，经过老莫的推荐和刑侦支队的申报，市公安局把陈春林提拔为刑侦支队重案大队的大队长。于是，陈春林便成了市公安局最年轻的大队长。

陈春林刚上任不久，就遇到了一起十分棘手的盗窃案件。

初冬的一天晚上，江州市发生了一起特大盗窃案件。工商银行江州支行的金库被盗，三十二万元现金不翼而飞。

早上七点五十分，市公安局接到报案，工商银行江州支行的金库被盗。此时，老莫正躺在医院的病床上。他得知发生盗窃案的情况之后，想爬起来赶往现场，却因为体力不支而昏倒了。医生全力以赴地进行抢救，他终于恢复了知觉。医生警告他，不准再下床了，必须静养。

这时，老莫想到了一个人，那就是陈春林。他认为，在这样的关键时刻，只有陈春林能担此重任。于是，他立即给主管刑侦的副局长打电话，希望领导能够委派陈春林负责案件的侦破工作。

一般情况下，专案组的组长要由局长或主管刑侦的副局长担任，老莫也只能担任副组长。局领导经过反复研究，决定让陈春林担任专案组的第二副组长，局长担任组长，主管刑侦的副局长担任副组长。

陈春林来不及跟任何人打招呼，便一头扎进了案发现场，希望能从中找到犯罪嫌疑人的蛛丝马迹。

此时，省里和市里的领导，还有大批新闻记者赶到了现场。陈春林无暇顾及外面的事情，和刑侦支队的同事们一起专心致志地勘查现场，不放过任何线索。他们在现场发现了二十五件全新的北京吉普随车工具，这是用来打开金库门窗的工具。

在第一次案情分析会上，陈春林分析道："犯罪嫌疑人为什么用全新的工具作案呢？这说明了什么？说明这个人不是本地人。本地人家里都会有几件旧工具，没有必要购买全新的工具。由此推测，盗窃金库的犯罪嫌疑人很可能是流窜犯，在江州市区没有家。"

没过多久，侦查员王斌就在银行门口的杂物间里发现了一件褐色滑雪衫。他把这件事向陈春林进行了汇报，陈春林立即派人进行调查走访。经过分析，他们认为这件滑雪衫很有可能是犯罪嫌疑人穿过的。

陈春林拿起这件滑雪衫，琢磨了一阵儿，问王斌："这件衣服说明了什么？"

王斌是队里的骨干，一向善于思考。他用手量了量衣服的长短，说："衣服的主人身高一米七左右，比较瘦。穿着如此单薄的衣服，在北方根本不可能过冬，这说明犯罪嫌疑人是南方人。”

“对，南方人。”陈春林把没有点燃的烟含在嘴里，吧唧了两下，然后扔掉了，“从款式来看，衣服的主人是一个时尚青年。衣服是新的，却很脏，上面还有油污。很显然，入冬以来，衣服的主人没有换洗过这件衣服，说明他在江州市不具备换洗衣服的条件。”

在案发现场，侦查员拾到了一把新铁锤，上面有三道新锯痕。陈春林一边观察，一边念叨：“用新锯子锯新锤子，什么意思？会不会是犯罪嫌疑人在试验手工钢锯时锯的？对，完全可以肯定，他是在试验钢锯的锐利程度。他在本地没有家，手头肯定没有合适的废铜烂铁。”

“外地人作案！”

“会不会是监守自盗或者内外勾结作案？”

“不对。犯罪嫌疑人在银行的金库门上打了洞，说明他对金库的内部结构并不熟悉，没有内线。”

“联想到全新的工具、肮脏的滑雪衫、打赤脚行窃等线索，我总结了三个字：外、远、流。也就是说，犯罪嫌疑人在本市没有家，极有可能是外盗、远盗、流窜犯。”陈春林说话的语气十分肯定。

其实，在案发前，窃贼曾于1月24日、25日连续两次潜入中山路百货大楼，企图撬开保险柜，但是未能得逞。警方经过技术鉴定，发现犯罪嫌疑人留在中山路百货大楼的痕迹与留在银行金库的痕迹是一致的，说明这两起案件是同一个人所为。陈春林经过分析，得出了结论：犯罪嫌疑人急需一笔巨款。因此，他有可能是赌输了，也有可能是做生意赔了钱，或者是企图外逃。

专案组决定，在全市范围内进行排查，着重对旅馆里未回家过年的客人进行甄别。警方对近期赌博输钱者、做生意负债严重者、负案在逃者、经济来源不明者进行了调查。

2 月 6 日，蔡锷路友谊汽配营业部的员工向专案组反映，1 月 25 日，有人买走了一套“BT—212”北京吉普随车工具。当天上午，此人来到店里，要买两根铁棍，说贵一点儿都行。店员说，不能拆开卖。中午，这个人在营业部附近徘徊了一段时间。下午五点多，这个人花九十三元钱买走了一套工具，共二十二件。店里的售货员非常细心，记住了这个人的外貌特征：眼球有些鼓，较瘦，身高一米七左右，这与警方的分析结果非常接近。

陈春林经过分析，有了初步的判断。25 号那天，最高气温只有四摄氏度。买工具的人只穿了一件薄薄的羊毛衫，说明他在附近有落脚的地方。他讲一口流利的本地话，说明他的家乡离本地不远。

凭着经验，陈春林给犯罪嫌疑人画了像：身高一米七左右，干瘦，长方形的脸，颧骨突出，鼓眼睛，八字胡，西式发型向一边倒。

在看守所工作的时候，陈春林找江洋大盗谈过一次话。此人交代，他有一个同伙，和他一起盗窃过银行，但是没有成功。陈春林问：“你们是怎么实施盗窃的?”江洋大盗说，他们作案没有成功，不是因为技术不行，而是因为银行金库的防护设备太复杂。

说者无心，听者有意，陈春林记住了这件事。

陈春林发现，江洋大盗说的那起盗窃银行未遂的案件与江州的工商银行被盗案在犯罪手法上有惊人的相似之处。于是，陈春林就想，这个案子会不会是那个江洋大盗的同伙干的?

有怀疑，就要进一步调查。

陈春林立即打电话给看守所的所长，问那个江洋大盗还在不在所里关押。遗憾的是，这个人已经被送到外地的监狱服刑了。

陈春林来不及去外地找那个江洋大盗了，时间和精力都不允许。于是，他仔细地回忆了一遍自己跟江洋大盗的谈话。据江洋大盗交代，他的同伙好像叫“勇鳖”，住在宁浏县。

陈春林灵机一动，王琴琴的老家就在宁浏县!

2 月 9 日，陈春林带着王琴琴去了二十五公里以外的宁浏县。这一天，王琴琴正好休息，就跟着陈春林去了宁浏县的县城。一到县城，王琴琴就约了几个同学、老乡一起吃饭。席间，一个女同学说：“听说铜官镇上有个伢子，做生意亏了钱，躲了几个月。这回，不知是初三还是初几，他挑着两麻袋票子回来了。”

说者无心，听者有意。陈春林心里一惊，忙问此人在何处。那个同学只是听说而已，并不了解具体情况。陈春林二话没说，立即与县公安局取得联系，连夜进行调查。很快，县公安局的同志就找到了线索，确实有这么一个人。

陈春林敏锐地察觉到，这个挑着钞票回家的人不简单，必须马上对其进行监控。但是，他们不能大张旗鼓地进行调查，以防这个人携款外逃。

一切行动都在悄悄地进行。

果然，经过调查，警方发现这个挑着钞票回家的男人叫赵志勇，其父母是县美术印刷厂的工人。

这个人的名字中有一个“勇”字，会不会就是警方要找的“勇鳖”？

真是无巧不成书，王琴琴就是铜官镇人，在那里有很多熟人。

去铜官！

为了不打草惊蛇，陈春林没有开警车，而是在傍晚时分骑着摩托车将王琴琴带到了铜官镇。

陈春林和王琴琴在街上行走，正好遇到了王琴琴母亲原来的同事李秀莲。李秀莲十分热情地请王琴琴到家里去喝茶。

王琴琴悄悄对陈春林说，李秀莲就是“勇鳖”——赵志勇的母亲。说起来，赵志勇还是王琴琴的远房亲戚呢！

陈春林他们本来就是去找“勇鳖”的，现在送上门来了。他立即停下摩托车，让王琴琴去赵志勇家。

一切都来得太快了，刚到铜官镇就碰到了“勇鳖”他妈，怎么就这么巧？

陈春林比较谨慎，没有贸然行动。他要先观察一下，确定这个赵志勇就是那个江洋大盗的同伙，才能将其捉拿归案。

陈春林说了声“我去买包烟”，就骑着摩托车离开了。

一旦这个赵志勇就是他们要找的人，双方就有可能短兵相接，必须采取有效的措施。他要看好地形，准备从后门包抄。

“勇妹子呢？去哪儿了？”王琴琴问李秀莲。

王琴琴问的这个“勇妹子”就是赵志勇，当地人喜欢把男孩叫“妹子”。赵志勇知道王琴琴在城里当警察，弄不好会打草惊蛇，让赵志勇跑了。所以，王琴琴觉得，必须事先想好对策。第一步，她想试探对方是否就是盗窃金库的盗贼。如果这个赵志勇就是那个江洋大盗的同伙，就必须把他控制住，否则后患无穷。

“他出去了。琴琴，你们公安局能不能买汽油?”李秀莲问。

“买汽油？没有……怎么，你们家买了什么车?”

“勇妹子新买了一辆摩托车，是前两天在市里买的。”

“勇妹子不是出去好几个月了吗？什么时候回来的?”

“他是前天回来的。这回收了点儿花炮钱，还有五万块钱收不回来。”

王琴琴在女子看守所负责采购，有一辆双排座的汽车归她使用，正好所里配了油票。于是，她就说：“我这儿有。”

王琴琴说着，把油票递给了李秀莲：“我这儿正好有两张油票，先给你吧。哦，对了，油票上盖了公章，你们加不了油。干脆叫勇妹子跟我一起去加油吧!”

“勇妹子到他岳母家去了，明天才能回来。”

“好的。我这两天都住在家里，等他回来了，就让他来找我吧。”王琴琴临走时，突然想起了什么，对李秀莲说：“婶儿，借我几百块钱吧。下个月的工资还没发……我妈身体不太好，过两天我准备带她去市医院检查一下。你放心，等发了工资，我马上就把钱还给你。”

“行，没问题。要几百?”

“能不能借五百?”

“五百够不够?”

“够了，够了。你放心，我下个月一定还给你。”

李秀莲从钱包里拿钞票的时候，王琴琴一眼就看见了钱包里崭新的钞票，连忙说：“拿那两张新的吧，婶儿！我就喜欢新的，喜庆！”

“你呀，还是长不大！”

李秀莲抽出两张崭新的钞票和三张旧钞票，递给了王琴琴。

王琴琴真是太有心计了，她要的就是那两张新钞票，因为银行被盗的全都是新钞票。只要这两张新钞票跟银行被盗的钞票号码相吻合，案子也许就破了。

王琴琴刚走出大门，就开始喊陈春林：“春林，春林！”

陈春林骑着摩托车，如闪电一般出现在了王琴琴的身边。

“怎么样？”陈春林问。

“快，快去县局！”王琴琴说。

刚回到县公安局的临时指挥部，王琴琴就掏出了那两张新钞票，对陈春林说：“赶紧对号码！”

陈春林立即打电话给王斌，叫他马上核对新钞票的号码。很快，王斌那边就有了结果：那两张新钞票正是被盗的钞票。

就是他！赵志勇，外号“勇鳖”，本案的头号嫌疑人！

陈春林立即组织县公安局的民警包围了赵志勇的岳母家，当晚就将赵志勇抓获！

经审讯，此人正是银行大盗“勇鳖”！

案子破了！

四

老莫的身体每况愈下，已经到了肺癌晚期。医生开具了病危通知书，让其家属做好准备。

不痛的时候，老莫的神志还是清醒的。前两天，王鼎盛局长来看望时，老莫还在询问“11·30”案件的侦破情况。

老莫心里很清楚，自己再也回不了刑侦支队了。住进医院的第二天，他就把一切事务交给政委赵宝康代理了。银行盗窃案发生之后，他想去现场，但是去不了，已经力不从心了。这个时候，他想，是时候大胆启用陈春林了。结果不出所料，他们侦破了两起大案，陈春林立了大功。

其实，老莫早有打算。陈春林的父亲曾经是老莫的部下，后来牺牲了。所以，他一定得把陈春林的事情处理好，不然对不起九泉之下的烈士。

现在，局长来了，他必须想办法获得局长的支持。

老莫希望局里能考虑到陈春林在侦破案件时屡建奇功，把他提拔到领导岗位上。

半个月后，陈春林走上了新的工作岗位，担任刑侦支队副支队长兼重案大队大队长。

走马上任之后，陈春林并没有第一时间去医院看望老莫，因为他肩上的担子更重了，要做的事情太多。

没过多久，医院那边就打电话说，老莫要马上见他。

陈春林接到这个电话，心怦怦直跳，难道老莫……

他不敢多想，立即赶往医院。

老莫奄奄一息地躺在病床上，不时地看向门口，好像在等什么人。他要等的不是别人，正是陈春林。

陈春林匆匆地赶到医院，来到老莫的病床前，喊道：“莫支队长!”

“春林，我还以为你在生我的气，不会来了呢！”老莫面带微笑地对陈春林说。

“我怎么会生您的气呢，感激还来不及呢！”陈春林忙说。

“一听就是假话！不过，不要紧，你说什么话，我都喜欢听！”老莫勉强打起精神，说道。

“您没事吧，老领导？”陈春林动情地问。

“我没事。叫你来，就为了一件事，再不说就没机会了。”老莫说。

“您不会有事的！”陈春林安慰道。

“你不用安慰我，我知道自己的病。有件事情，只能拜托你了。”老莫拉着陈春林的手说，“那个案子……”

“哪个案子？”

“‘11·30’案，以后全靠你了。四条人命啊！你千万不要放弃！”

陈春林点了点头，紧紧握住老莫的手，说：“您放心，只要我还有一口气，就一定不会放弃！”

老莫看了看陈春林，点了点头。他好像在笑，却又笑不出来。慢慢地，他就一动不动了……

“老莫！”陈春林喊道。

“爸！”老莫的儿子也在喊。

老莫走了，永远地离开了这个世界……

五

过了很长一段时间，陈春林的耳边还会时常响起老莫最后的嘱托：“‘11·30’案，以后全靠你了。四条人命啊！你千万不要放弃！”

每次想起三岔口陈记旅店的那四具尸体，陈春林都会心如刀绞。一天不抓住犯罪嫌疑人，他就一天不得安宁。

他们是什么人？

他们在哪儿？

陈春林担任重案大队大队长之后，重新梳理了一下案件的头绪，又回到了原点。那时，他仅凭烟头上的牙印，就怀疑上了自己的同学——小有名气的作家谢永福。一开始，他的想法就被老莫否定了。的确，仅凭牙印是不能破案的。于是，调查就到此为止了。

现在，老莫去世了，他可以独立查案子了。从办案的角度看，老莫否定了他的想法，但却没有排除他的怀疑。目前，根据现有的生物检材是无法破案的。只有好好地留着这些检材，才能为日后案件的侦破提供宝贵的线索。于是，他把那几个烟蒂像宝贝一样保护起来，寄存在支队的档案室里。

那条路走不通，还有别的路可以尝试。迄今为止，他的同学谢永福的嫌疑还没有排除。

那么，接下来怎么调查呢？

现场留有指纹，为什么不通过它去查呢？

想到这里，陈春林的心情豁然开朗。对呀，查一下谢永福的指纹，问题不就迎刃而解了吗？

都说作品是作家思想的写照，身为著名作家的谢永福，如果真是那个作案者，那么从他的作品里就会发现端倪。

对，先看看他的作品！

于是，陈春林一有时间就翻看谢永福的作品，一篇都不放过。

有一天，陈春林在翻看谢永福发表在省作协文学月刊上的中篇小说时，在结尾处发现了主人公杨景丽和村委会主任的对话："村里人都知道了？派出所的民警是来找我的……"

这是什么意思？

谢永福是不是早就想好了，总有那么一天，自己会被警方找到？

陈春林一直怀疑自己的同学，所以看到这些内容的时候，觉得谢永福很可疑。更有甚者，在谢永福的作品里，字里行间都流露出忏悔之意。他在后悔，在难过，这说明了什么？说明他害怕了，在小说里说出了心里话。

不过，陈春林没有急于下结论。他要找到确凿的证据，来证明自己的怀疑。这天晚上，他给盛伯乐老师打了个电话。盛伯乐是他和谢永福共同的老师，也是谢永福在文学方面的导师。陈春林想从盛老师那里了解作家谢永福的一些情况。

在电话里，陈春林跟盛老师闲聊了一阵。然后，他便开始询问盛老师对谢永福作品的看法。

盛老师说："谢永福的作品表达了一种不服输的情感，但是这种情感过于强烈，有些情绪化。"

盛老师认为，成熟的作者通常会冷静地看待小说中的人物。但是，在谢永福的作品中，个人的情绪比较多，主人公比较情绪化。站在一个语文老师的角度，盛老师认为谢永福的作品已经很不错了。可是，站在作家的角度，盛老师认为谢永福还没有摆脱个人的情绪化，作品显得有些稚嫩，不够成熟。

陈春林趁老师谈兴正浓，装作随便问问：“谢永福是不是平时也有些情绪化？”

盛老师脱口而出：“还真是！”

有一次，他跟谢永福一块儿吃饭时，谢永福忽然自言自语地大声说：“我真的能做出来，你不相信吗？”

“你能做什么呀？”盛老师不解地问。

“没什么。我是说，我也能写出惊世之作。其实，这是做梦，做梦！”谢永福似乎意识到自己失言了，忙解释说。

盛伯乐知道，他的学生一定是突然想到了什么，想要证实一下。

这个答案，只有谢永福自己知道。

这究竟说明了什么？

作为警察，陈春林认为谢永福确实值得怀疑。

陈春林想回江湾去找谢永福，暗中提取了他的指纹。他觉得，与谢永福进行交流之后，或许能发现点儿什么。即使什么都发现不了，也可以解除心中的怀疑！

有了这个想法，陈春林就积极地开始行动了。

这一次，他没有请示任何人，决定秘密行动。这件事情，他只跟老莫说过。这种事情，知道的人越少越好。一旦说出去了，就会惹来不必要的麻烦，大家都会觉得他的这种想法没有任何根据。

一切都在悄悄地进行着。

他想好了一个借口：跟王琴琴去旅行结婚。

他把王琴琴拉进来，是为了更好地掩护自己。侦破金库盗窃案的时候，王琴琴弄到了最关键的两张新钞票，因为表现出色而荣立了二等功。

陈春林和王琴琴的确要结婚了。原本，陈春林要在江州办几桌酒席，小范围地请同事、亲戚们聚一聚。可是，王琴琴不愿意，说太俗了。

那怎么办？

旅行结婚！

这个主意是王琴琴提出来的。陈春林心中大喜："正合吾意！"

于是，这件事情就定下来了——去川渝一带旅行！

陈春林不得不对王琴琴说出了自己的计划。他要去一趟江湾，会一会自己的老同学谢永福。

"我就知道你心里有鬼！不然，你不会这么痛快地答应我去旅行结婚。"王琴琴扯着陈春林的耳朵说道。

"知我者，琴琴也。我也是没办法！有些事情，只有我们夫妻俩知道，跟谁都不能说。"陈春林无奈地说。

王琴琴松开手，说："我理解你。我会全力支持你，帮你演好这场戏。"

"谢谢！"陈春林由衷地说。

于是，他们便直奔谢永福家。

路上，王琴琴问："要不要先打电话跟他联系一下？"

陈春林说："不用。他要是真有问题，会见我吗？打电话……只会打草惊蛇，不如直接去。"

读书的时候，陈春林去过谢永福家很多次。这次旅行结婚，去见一见老同学，大家一起吃顿饭，再正常不过了。

陈春林在县城里叫了一辆出租车，直奔谢永福家。

可是，到了谢永福家，他们却扑了个空。谢永福去了北京，在文学院接受培训。

真是计划赶不上变化快！

"怎么办？"王琴琴问陈春林。

"去北京请他吃饭，计划照旧！"陈春林回答。

两个人正准备前往北京，陈春林突然接到了单位同事打来的电话，叫他立即回江州。

半个小时之前，江州发生了一起枪击案。在江州南郊公园，一名游客突然被人枪击，身中七枪……

立即返回，刻不容缓！

第三章　枪手的真实身份

一

十月的江州，秋高气爽，瓜果飘香。麓山的枫叶红了，湘江的碧波绿了，丰收的时节到了。国庆长假刚刚过完，节后的余热还没散尽。这一天，下午两点左右，在城南的南郊公园里，游人正在尽情地欣赏大自然的美景。突然，响起了枪声。一共七声枪响，一位正在观赏风景的中年男子应声倒下。枪手逃之夭夭……

公安机关高度重视，立即成立了专案组，第一时间赶到了现场。拍照、勘验尸体、提取弹头、走访群众，侦查工作全面展开。

以前有老莫负责办案，刑侦支队的支队长赵宝康只负责政治工作。现在，老莫去世了，业务工作一下子就落到了他的头上。他一时不知道如何下手，便立即命令指挥中心通知陈春林回来。

十万火急！

陈春林和王琴琴迅速赶回了江州。陈春林连宿舍都没回，便赶往了位于南郊公园的案发现场。

警方派出了两队人马，分别负责围堵犯罪嫌疑人和勘查现场。

后来才发现，警察和犯罪嫌疑人竟然有几次擦肩而过。

江州警方调集大量警力，紧急出动，在南郊公园附近迅速拉起了围捕的大网，由里向外展开搜捕。

然而，这种搜捕是没有目标的。在没有掌握犯罪嫌疑人任何特征的情况下进行围堵，几乎是徒劳的。犯罪嫌疑人不会傻到把枪露出来，让警察来抓。即使是全城搜捕，结果也只能是收效甚微。

关键还在侦破！

陈春林带领刑侦支队的民警们坚守在现场，寻找破案的契机。

现场只有一具尸体和几个弹头，还有散落在地上的几枚弹壳。

确认受害人的身份、弄清受害人与凶手之间的关系，这是破案的关键。侦查员经过调查走访，很快就确认了受害人的身份：张仁寿，宁浏官渡人，五十六岁，以种田为生。他来江州只有一个多星期，是应女儿之邀来带外孙子的。他的女儿是江州某医院的医生，女婿是公务员。张仁寿是个地道的农民，勤勤恳恳、遵纪守法，靠劳动养活一家人，既无仇家也无债务。

会不会是仇杀？凶手为什么连开七枪，唯恐受害人不死？

从现场勘查的结果来看，犯罪嫌疑人向受害人连开七枪，命中了六枪。不难想象，凶手是要置受害人于死地。

为什么非要索命？凶手与受害者之间有什么深仇大恨？

经过调查，没有发现张仁寿有仇人，也没有发现他与别人有债务纠纷。

难道是谋财害命？

死者身上有一个钱包，里面有一千多块钱现金，分文未动。

死者手上戴着一枚金戒指，完好无损。从现场的足迹来看，凶手开枪后，根本没有靠近死者。根据目击者提供的情况，凶手行凶后，立即就逃跑了。很显然，他不是为了钱财杀人。

那么，凶手为什么要开枪杀人呢?

案发现场在公园的一个偏僻之处，在一个叫“黑松口”的山坡上。这个地方没有大路，只有一条上坡的小路，平时很少有人从这里经过。公园进门的地方有一个监控探头，记录了张仁寿的行踪。14 日下午一点三十五分，张仁寿进入了南郊公园。一点五十五分，张仁寿遇害。从进入公园到遇害，只经历了二十分钟。

会不会是凶手擦拭手枪时，被在附近散步的张仁寿看见了？

这是凶手最大的秘密！如果有人发现了这个秘密，他是绝对不会留下活口的。于是，他便连开数枪，杀人灭口。当然，这仅仅是分析，没有确凿的证据。

对警方来说，犯罪嫌疑人的行为举止成了谜!

通过对弹头、弹壳进行分析、比对，警方得出结论：犯罪嫌疑人所用的枪支是 7.62 毫米口径“M20”手枪，枪弹是“五一”式的。

凶手有可能久未用枪，是来公园试枪的。就在这时，张仁寿偏偏走到了这个偏僻之处。他撞见犯罪嫌疑人正在擦枪，或者正在试枪。张仁寿发现了一个不该发现的秘密，害得自己丧了命。他看见一个人举起了手枪，那个人也看见了他。换句话说，他撞到了那个人的枪口上……

杀人灭口，连开七枪！就这样，张仁寿在不知不觉中成了凶手的活靶子。

二

谢永福接到省作协办公室宋主任的电话时，既兴奋又忐忑不安。省作协有一个去文学院进修的名额，省作协主席第一个考虑的就是谢永福这个农村作家。谢永福听到这个消息之后，特别激动。多好的机会啊！目前，他正处于创作的瓶颈期，很难突破。有了去北京参加培训的机会，就能认识不少文学圈儿里的精英，机会实在是难得。可是，这次培训的经费要自己解决。他只是个农民，没有单位报销，要参加培训就得自己掏钱，这让他很为难。一家五口全靠他微薄的稿费维持生计，生活十分艰难。两个月前，他的老师盛伯乐帮他在县一中找了个差事，做校刊的主编，这让他有了固定的收入。他要是去参加培训了，县一中校刊的事情就干不成了，学校能答应吗？因此，接到培训通知的时候，他并没有马上答应。他让宋主任给他一点儿时间，等他把手里的工作和家里的事情处理好，再决定是否去参加培训。

刚放下电话，谢永福就跑到盛伯乐老师那里去，把这件事情告诉了盛老师。盛老师没有急于表态，反过来问谢永福是怎么打算的。

谢永福说，他不想放弃这次难得的机会。

实际上，盛伯乐一点儿都不看好这样的培训。有几个作家是在课堂上培训出来的？可是，面对这个渴求知识的学生，他也不好去泼冷水。可以肯定，系统地学习一些文学理论，也不是一点儿好处也没有。加入了作家协会，又在文学院培训过，这样的农村作家可以说是前途无量。因此，盛伯乐没有一味地反对，而是对他进行了鼓励。

“想去就去吧!”盛伯乐说。

“可是……”谢永福似乎有所顾虑，却又难以启齿。

“可是什么？直说!”盛伯乐见学生面有难色，马上就想到了钱的问题，“是不是钱的问题?”

“我……”谢永福不想正面回答，让老师为难。

“这钱，我帮你出!”作为老师，盛伯乐绝不会袖手旁观。

“不不不，不是钱的问题，培训费我自己能解决。”谢永福不想给老师添麻烦。学费的问题，他已经想好了，完全可以自己解决。现在，他主要是担心自己因参加培训而影响了校刊的出版。丢掉了这个来之不易的饭碗，他以后可怎么生存啊!

“还有什么问题？快说出来，别吞吞吐吐!”盛伯乐说。

谢永福把校刊的问题说了出来。

“这有什么好担心的，还有我呢！放心去吧，校刊我帮你做!”盛伯乐说。

“这……”谢永福眼含热泪，向老师深深地鞠了一躬，“谢谢！谢谢老师!”

一个难题解决了，还有一个难题，那就是经费问题。一个月的培训，吃住在学校，学费、住宿费、伙食费，对谢永福来说，是一笔不小的开销。

实际上，他一直有一笔钱，那就是当年在陈记旅店从受害人于登峰的内裤里掏出来的钱——总共两千六百元，他分得了一千三百元。这笔钱，他一直不敢用，害怕被警察发现。他不想回忆那件事情，可是脑子里却常常会闪现出那几具尸体。每每想起那件事情，他就心如刀绞。这么多年来，他一直把那笔赃款放在一个非常隐蔽的地方，不动它，连想都不想它。直到这个时候，他才想起这件事情。这么多年来，他一直找不到合适的理由动用它，现在终于有机会用掉它了，并且用得心安理得。在那个培训班里，其他人的学费都有单位报销，唯独他这个农村作家需要自己掏钱。最终，他用那笔钱交了学费，完成了培训……

从文学院学成归来之后，谢永福踌躇满志，制订了宏伟的计划，准备写一部长篇小说。在文学院的时候，他就已经写好了提纲，书名也起好了，叫《真相》。他不想把那件事完整地写出来，那样做太冒险。但是，他打算模仿卢梭的《忏悔录》，写一些事后的心路历程和感受。

他回家之后，白雪告诉他，他的高中同学陈春林来了。

陈春林？他马上就想起了这个“同桌的你”。他早就听说了，陈春林当上了警察，在江州市公安局刑侦支队工作。

他来干什么？听盛伯乐老师说，陈春林现在是江州市公安局刑侦支队重案大队的大队长。

陈春林为什么会在这个时候出现？他真的是来送喜糖的吗？恐怕没有那么简单！

他害怕极了，一再问妻子，陈春林对她说了些什么。他想了解每一个细节，判断出陈春林到他家来的目的。还好，他没有发现任何破绽。

平安无事！

可是，他已经无心创作长篇小说《真相》了。这个时候，让他心无旁骛地潜心写作，是绝无可能的。他总觉得陈春林在背后监视着他……

三

五十天后，江州警方全力侦破南郊公园枪杀案的时候，发生了一起持枪抢劫杀人案。这天上午十一点二十三分，四十一岁的郭雄在南坪区芙蓉南路的农业银行取款后，刚要上车，一名头戴棒球帽的中年男子就冲上前去，开枪击中了郭雄的头部。郭雄当场死亡，刚刚取出的 4.5 万元现金被犯罪嫌疑人抢走了。犯罪嫌疑人作案后，迅速逃离了现场。

江州警方接到报案后，迅速赶往现场。

民警调看了不是很清晰的现场视频资料，发现犯罪嫌疑人是一名身高一米七左右的中年男子，头戴棒球帽。警方根据犯罪嫌疑人的长相画了模拟画像，发布了通缉令。

犯罪嫌疑人一枪击中受害人的头部，导致受害人当场死亡。因此，犯罪嫌疑人便被当地群众称为“爆头男”。

那么，这个“爆头男”究竟是什么人呢？他从哪里来，到哪里去呢？这是警方必须弄明白的问题。

案发现场在芙蓉南路的新姚路口，再往南去是一条直路。犯罪嫌疑人作案后，往南逃跑的可能性很小。从此处往北，不远处就是芙蓉南路立交桥。桥下的道路四通八达，非常有利于逃跑。警方调看了案发现场周围的监控视频，发现犯罪嫌疑人乘坐 705 路公交车到达了铁道学院东门，然后步行到达了作案现场。到达现场后，他并没有马上作案，而是蹲守在那里，观察动静。

事实上，犯罪嫌疑人上午九点四十六分就到达了农业银行门前，并且四处徘徊，寻找目标。十一点二十三分，嫌疑人发现受害人从银行出来，拿着钱走向停在路旁的小汽车。这时，犯罪嫌疑人迅速开枪射击，抢走了受害人的 4.5 万元钱，向芙蓉南路立交桥方向逃去。立交桥分上、中、下三层，视频又很模糊，所以很难分辨出犯罪嫌疑人到底是上了一辆中巴车，还是上了一辆出租车……

应该说，江州警方的应急处突能力是非常强的。案发后，警方马上对犯罪嫌疑人进行了围追堵截。但是，犯罪嫌疑人有很强的反侦查能力，极其善于伪装。作案后，他选择了长距离步行、骑自行车等方式逃跑，专挑偏僻的路线，侥幸逃过了警方的围堵。

刑侦技术人员经过仔细辨认，在案发现场的弹壳上提取了犯罪嫌疑人的 DNA 信息。然而，这个弹壳壁上的 DNA 信息还不能满足查档比对的条件。过了几年，犯罪嫌疑人在其他地方作案时留下了大便纸，警方从中提取了其 DNA 信息。经过比对，在江州提取的 DNA 与犯罪嫌疑人的 DNA 完全吻合。只可惜，在江州提取的 DNA 和另一起案件的生物检材，受到技术的限制，一时无法比对。

接连发生了两起枪击案件，江州公安机关面临着巨大压力。

这两起枪击案之间有没有联系？是不是同一人所为？可不可以并案侦查？侦查员们在努力寻找这两起案件的共同之处。

经过仔细地甄别，警方终于得出了结论：两起案件为同一人所为！

那么，凶手是谁？是哪里人？住在哪里？

必须尽快找到突破口！

案发后的第二年3月，江州市公安局聘请了几位枪弹痕迹专家。经过反复研究，专家组认定枪弹来自中缅边境，手枪的型号为“M20”。因此，专家组提出了“以枪找人，以枪找案，以案找人”的总体侦破思路。

根据专家们的意见，市公安局决定由陈春林牵头，带领王斌等侦查员前往中缅边境，从枪支入手，打开侦破案件的突破口。

四

最早派来的专家马老师在分析犯罪嫌疑人作案的特征时提出，要盯住在逃人员，从中发现犯罪嫌疑人。这类犯罪嫌疑人的共同特点是：心狠手辣、穷凶极恶，熟悉江州的地形，在江州杀过人。

很快，一个名叫吴铮铮的人就浮出了水面。此人原来是江州纺织厂的工人。吴铮铮有一个特长，就是会吹萨克斯管。他经常在乐队吹萨克斯管，收入比较高。早年，河西有个地痞向他借了一万五千块钱，一直不还。吴铮铮索要过好多次，一分钱也没要到。后来，那个人干脆躲了起来。吴铮铮发动了所有朋友，好不容易找到了那个借钱的人。吴铮铮携带匕首去讨债，没想到对方比他还高调。吴铮铮有备而来，只问了对方一句“还不还钱”。对方说，要钱没有，要命有一条。吴铮铮一气之下，掏出匕首，把对方捅死了。吴铮铮见势不妙，赶紧逃跑，一口气逃到了缅甸、泰国一带。

随后，警方对吴铮铮进行了通缉，却一直未能将其抓获。

专家组经过分析和判断，认为吴铮铮作案的可能性很大。为什么？一是，从视频里那个人的体貌特征来看，马老师认为凶手就是吴铮铮。二是，吴铮铮祖籍四川成都，既会讲四川话，又会讲江州话，而凶手讲的就是四川话，吴铮铮符合这一特征。三是，吴铮铮心狠手辣，一刀致命。鉴于此，专家有九成的把握，把吴铮铮确定为重点追捕目标。

于是，陈春林便率领几名侦查员来到了中缅边境。

陈春林觉得，寻找吴铮铮，要从他的特长入手。吴铮铮逃跑了这么多年，靠什么生活？靠什么立足？他很有可能再去作案。抢到钱之后，他就可以维持生计了。他很有可能在中缅边境一带活动，因为在那里很容易弄到枪支。不是要“以枪找人，以枪找案”吗？这就是目标！还有一种可能性，就是发挥他的特长：吹萨克斯管。陈春林和队友们商量了一下，决定从吴铮铮的爱好入手。在西双版纳，陈春林他们通过当地公安机关四处打听，终于得到了一些有价值的线索。的确，吴铮铮一直在当地的乐团吹萨克斯管。但是，陈春林他们到达西双版纳的时候，吴铮铮已经离开了西双版纳。

吴铮铮会到哪里去呢？

他们询问了吴铮铮在乐队的同事，得知吴铮铮去了缅甸，认识了一个叫罗素的人。由于萨克斯管吹得很好，做事负责任，吴铮铮得到了罗素的青睐。没过多久，罗素就让吴铮铮管理乐队了。吴铮铮一下子成了乐队的“红人”，并且从来不回家，于是就有人置疑他的来历了。有人开玩笑说，这个吴铮铮不会是个逃犯吧！

说者无心，听者有意。吴铮铮在乐队待不下去了，便写了一封辞职信，交给了罗素。离开乐队之后，他便回国了。

吴铮铮回国之后，去了哪里？干了些什么呢？

陈春林和队友们继续调查，找到了一个过去和吴铮铮一起吹萨克斯管的人。陈春林他们顺藤摸瓜，最终得知了吴铮铮的下落。

吴铮铮逃亡的时候，十分谨慎，从来不和别人一起住，连手机都不用。他从来不提过去的事，所以没人了解他的过去。

专案组的思路非常明确：以枪找人，以案找人，从在逃人员中找人。在这个漫长的寻找过程中，他们走了许多弯路。但是，他们的终极目标始终没有变，那就是：找到真凶。

陈春林和队友们在中缅边境继续寻找，最终在一个小镇里找到了吴铮铮。此时，吴铮铮已经改名叫“尤昌盛”，并且有了新的身份。他通过关系在当地派出所办了新的身份证，漂泊了二十年。他与当地的一个姑娘结了婚，生了一个小男孩，还买了几百棵橡胶树，过上了“小康生活”。陈春林他们来找他的时候，他一点儿思想准备都没有，万万没想到警察还惦记着他。陈春林用江州话叫了一声“吴铮铮”，他大吃一惊，但很快就恢复了镇定。他用普通话说：“你认错人了。我是尤昌盛，根本不是你们要找的人。”

“别装了，吴铮铮！我们是江州市公安局的，跟我们走吧！”陈春林用江州话说。

随即，陈春林他们把吴铮铮带到了当地派出所。

陈春林只看了一眼吴铮铮，就发现他不是警方要找的江州枪击案的犯罪嫌疑人。吴铮铮身体比较胖，根本不是“爆头男”那种身材。经过审讯，排除了吴铮铮在枪击案中的作案嫌疑。

这时，专家组仍然在等陈春林那边追捕的消息。结果，事与愿违，又一个可能性被排除了。

陈春林他们回到江州的时候，江州的枪声再次响起。

第一起枪击案发生后的第三年，10月25日八时二十分，江州市东区东二环一段220号门前发生了一起枪击案，经贸公司负责人肖红遭枪击身亡。犯罪嫌疑人抢走了一台笔记本电脑，迅速逃离了现场。

接警后，江州警方迅速派出大批警力赶赴现场。根据现场的弹头、弹壳和嫌疑人作案的特征，警方分析，该案与芙蓉南路银行杀人案的犯罪嫌疑人作案手法一致。死者的一个邻居介绍说，凶手戴着头盔和眼镜。惨案是肖红停车后走向门口时发生的，肖红倒下的姿势是面部着地，中枪部位为胸部。根据目击证人的反映，警方认定，犯罪嫌疑人讲的是四川方言。案发后，江州警方公布了犯罪嫌疑人的特征：男性，四十岁左右，身高一米七左右，中等身材，皮肤较黑，走路“外八字”、晃肩，四川口音。

又是一个四川口音！

又是10月，难道这个人喜欢在10月作案？

这时，陈春林开始怀疑：这几起案件的犯罪嫌疑人会不会是同一个人？

这几起案件都发生在10月，是巧合还是有意为之？

可是，怀疑归怀疑，找到证据才是硬道理。

侦破工作还在紧张地进行……

五

警方全力以赴地侦破“爆头男”系列持枪抢劫杀人案的时候，陈春林收到了江湾县一中百年校庆活动的邀请函。盛伯乐老师专门给他写了一封信，希望他届时一定参加。

要不要去参加这个活动呢？陈春林有点儿犯难。他手头上的事情实在太多，很难抽身。可是，多年来，他对同班同学谢永福的怀疑一直没有消除。参加这次活动，可以近距离地接触谢永福，他很想抓住这个难得的机会。本来，他想借送喜糖的机会提取谢永福的指纹，但是谢永福去北京学习了，计划落空了。后来，江州发生了南郊公园枪击案件等几起案件，陈春林不得不放弃了对谢永福的追查。

现在，母校发出了邀请函，盛老师也寄来了邀请他的信件，他不想错过这次机会。他不会忘记老莫的嘱托，一定要找到陈记旅店凶杀案的真凶。

现在是非常时期，他直接跟支队长赵宝康说明了情况。这次聚会，他必须参加。

“我全力支持你!”赵宝康说。

就这样，陈春林如愿地参加了母校的百年庆典。

这只是个由头，陈春林要见的人是谢永福。

陈春林特意购买了谢永福写的书，包括散文集、长篇小说，还有最新出版的诗集。买书的时候，他戴着手套，尽可能不在书上留下自己的指纹。塑封的图书，他尽量不拆开，这样可以避免留下服务员的指纹。

参加聚会的时候，陈春林拿着谢永福的新书，热情地请他签名留念。他特意给谢永福准备了一支崭新的派克笔，并当着谢永福的面撕开了塑封。毫无防备的谢永福拿起派克笔，签上了自己的大名……

其实，谢永福也不是真的一点儿防备也没有。从陈春林突然到他家造访的那一天起，他就感觉这位老同学盯上他了。这么多年过去了，江州的警察并没有发现什么。时间久了，这件事就没有人再提起了。渐渐地，他就放松了警惕，认为警察早就把这件事给忘了。

这一次，谢永福接到学校的邀请函，犹豫了一下。后来，校长给他打了个电话，盛老师也给他打了个电话，请他无论如何都要回母校演讲。其实，他很想去露一下脸，风光一下。作为一位著作颇丰的农村作家，回母校演讲是一件极其光荣的事情。可是，他却有些顾虑。这次校庆，有许多校友参加，包括陈春林。他听盛老师说，陈春林已经答应回母校参加活动了。陈春林要回去，他还要不要回去？他的第一感觉就是害怕。这个时候，最好的办法就是躲，能躲多远就躲多远。要是陈春林问起那件事情怎么办？他原本是不会撒谎的，可是做了那件事情之后，他的世界观完全改变了，每一刻都在撒谎，逢场作戏已经成了常态。在他的书里，这种处世哲学被体现得淋漓尽致。

他的这些谎言，骗得过身边的人，却骗不过警察。说实在的，他害怕见到陈春林这样的警察，怕自己的秘密被发现。可是，他又觉得，那件事已经过去十多年了，应该没有人会记得。

最终，他决定去母校参加庆典活动。不过，他没有跟陈春林长谈。尽管他一直在给自己壮胆，但是一见到陈春林，他还是有些惧怕。陈春林的眼神就像一把利剑，随时会刺向他的心底。他自认为心理素质不错，但是在陈春林面前，一下子就变得不堪一击。这个时候，他才发现自己根本不是什么圣人，普通得不能再普通了。

完了，不能再待了，得赶紧离开！

谢永福走了，陈春林也没有留下。终于弄到了谢永福的指纹，他得赶紧回去验证。

回到支队，陈春林赶紧把刚提取的指纹交给了技术人员。这时，陈春林心里是很矛盾的。他不希望自己的同学与三岔口的案子有瓜葛，可是他又觉得自己的怀疑有可能是正确的。最终，经过比对，谢永福的指纹与三岔口那个案件现场留下的指纹完全不一样。也就是说，陈记旅店的案子不是他的同学谢永福所为。

那么，那个虎牙的牙印怎么解释？

难道他的第一感觉是错的？

第四章　影子杀手

一

客观地说，李忠诚来到江州的时候，警方掌握的有关犯罪嫌疑人的资料十分有限，连犯罪嫌疑人长什么样都不知道。

李忠诚对视频资料进行了反复梳理，提出了二十四个字的侦破思路：抓住不变特征，回头观看视频，去除外在伪装，发现正面图像。

枪击案发生后，警方进行了大量的调查走访，始终没有找到有用的线索，专案组的侦查员们自然想到了视频侦查。在江州的视频侦查领域，有一个人值得一提，那就是江州市公安局刑侦支队视频侦查大队的大队长匡文正。

匡文正主动请缨，进入专案组做内勤工作，兼做 PPT。匡文正是个爱动脑子的警察，每天都会把当天的视频资料拿回办公室，仔细地研究。他虚心向专家请教，有幸成了江州视频侦查领域“第一个吃螃蟹的人”。

他坚信，只要案发现场及周边地区有监控探头，就一定会拍下犯罪嫌疑人的影子。

和前两次一样，在犯罪现场，除了弹头，警方什么也没有发现。于是，调看附近的监控视频就成了侦破案件唯一的突破口。

通过监控录像可以看出，犯罪嫌疑人没有乘坐任何交通工具，是走着进入犯罪现场的。作案后，他乘坐公交车离开了现场。

民警们把视频往前倒，寻找他的来路，看到了狮子山、桂花公园和公交新村。再往前倒，就找不到他的踪影了。

那么，犯罪嫌疑人会不会住在公交新村一带呢？

匡文正经过反复论证，又做了实验，确认犯罪嫌疑人是乘坐905路公交车到达公交新村一带的。

在案情分析会上，陈春林说："我仔细看了文正的方案，认为他的分析有理有据。我觉得，我们应该毫不犹豫地锁定905路公交车这条线。"

"对。凶手乘坐905路公交车到达公交新村之后，步行到达作案现场，已经不止一次了。犯罪嫌疑人每次都在同一个时间段出现在905路公交车站附近，这说明了什么？说明犯罪嫌疑人很有可能就住在905路公交车站附近。"陈春林说，"凶手不是本地人，对江州的地理位置、环境不会比我们更熟悉。如果我是凶手，就会选择905路公交车的始发站。我觉得，这个人的反侦查能力很强，很有可能把作案的地方和平时生活的地方区分开。河西离案发现场三十多公里，中间隔着一条江，没有人会想到他会住在那里。我们之所以没有找到他生活的蛛丝马迹，是因为我们一直在河东进行搜捕，没有顾及河西。所以，我觉得，我们应该转变一下思路，从905路公交车的始发站查起，也许会有新的发现。"

最终，市公安局的领导采纳了陈春林和匡文正的意见，调整了侦查方向，把侦查目标定在了河西的905路公交车的始发站附近。

就在这时，视频组有了新的发现。905路公交车站对面有一个监控探头，拍下了一个画面：一个戴着白手套的人在905路公交车上晃动了一下。

当时，在东二环开枪杀人的凶手就戴着白手套……

二

又有一个人逐渐浮出了水面，他就是姜成雨，张家界人。专案组的民警经过大量的调查走访，结合现有的视频资料，发现四年前在江州市持刀杀人的犯罪嫌疑人姜成雨与这起持枪抢劫杀人案的犯罪嫌疑人在体貌特征方面十分相像。并且，在这两起案件中，犯罪嫌疑人在作案时都穿着深灰色夹克，走路“外八字”，肩膀摇晃。民警拿出姜成雨的照片，让目击者辨认。几名目击者都说，就是这个人！

于是，专案组就把姜成雨列为头号犯罪嫌疑人。

姜成雨自幼父母双亡，由哥嫂抚养成人。他读书三年，因不善交往，自动辍学。平常，他做点儿小买卖，有空做点儿家务。成年后，他只身来到江州打工，租住在望新小区。后来，他与老乡吴萍相识了。他们都讲一口流利的桑植话，显得特别亲切。姜成雨对吴萍，可以说是一见钟情。一来二去，他们相互之间有了好感。吴萍年轻漂亮，丈夫在监狱服刑。了解到姜成雨在打零工，吴萍就试探着问姜成雨，是否愿意和她一起在江州做生意。姜成雨靠打零工赚了点儿钱，吴萍手头上也有点儿闲钱，两个人一拍即合，就开了一个按摩店。

吴萍的家人嫌姜成雨穷，反对吴萍与姜成雨一起开店。另外，姜成雨性情孤僻、不善言辞，经常为一些鸡毛蒜皮的小事与人发生冲突，这让吴萍的家人很难接受。

因此，吴萍的家人叮嘱吴萍，对姜成雨要格外小心。

两个人一起开店，经常一起买菜、逛街、吃饭，有时会说说心里话。吴萍有了倾诉的对象，心理上得到了慰藉。时间久了，两个人的感情就升华了，有了爱意。

吴萍的家人发现两个人有了感情，警告姜成雨，吴萍可是有夫之妇，不能对她动真感情。

姜成雨并不在乎吴家人的态度，他就喜欢吴萍。跟吴萍接触之后不久，他就喜欢上了这个女人。他这个刚从大山里走出来的年轻人，在陌生的城市遇到了老乡，而这个老乡偏偏又是个漂亮的女人，对他很热心。于是，他的心便怦怦直跳，这是爱的信号。姜成雨之所以愿意跟吴萍合伙开店，不仅仅是为了投资，更重要的是为了占有这个女人。他早就想好了，让吴萍跟老公离婚，然后嫁给他。

两个人相处了一段时间，姜成雨占有吴萍的欲望更加强烈了。他把吴萍带回老家，见了哥哥和嫂子。哥哥和嫂子也不知道吴萍是有夫之妇，对吴萍非常客气。此时，吴萍的感情有些摇摆不定。凌晨三点，姜成雨为她搞了一个隆重的求婚仪式，她心动了。他第一次向她表达了爱意，要跟她结婚。可是，吴萍没有答应，因为她舍不得监狱里的丈夫。也许，她更爱自己的丈夫，而不是眼前这个自私、心胸狭窄、占有欲极强的合作伙伴。

姜成雨真心诚意地对待这个女人，把她视为心肝宝贝，日思夜想。可是，到头来，这个女人还是想着别人。他实在想不通，吴萍如果不喜欢他，为什么要对他这么热情？

其实，姜成雨的心灵早就扭曲了。他爱别人，别人却不爱他。于是，他便因爱生恨。既然吴萍不跟他结婚，他就不能让她好过。原始的冲动占了上风，他决定让她为此付出代价。

被吴萍拒绝的那天晚上——准确地说，应该是凌晨四点，姜成雨带上一把菜刀出门了。他知道吴萍和她的家人都在按摩店，便直奔按摩店，要跟吴萍做个了断。

他冲进按摩店以后，不容分说，就是一顿乱砍。吴萍惨叫一声，倒在了地上。吴萍的三个姐妹都没有睡，闻声立即跑了出来。她们见姜成雨挥刀施暴，本想制止，却都不是姜成雨的对手。姜成雨连砍数刀，三姐妹瞬间命丧黄泉。吴萍的两个侄子闻声跑出来，杀红了眼的姜成雨又对两个孩子下了毒手。最后，他连只有七个月大的婴儿也不放过，恶狠狠地将其扔进了水缸……

吴萍和一个侄子经抢救保住了性命，其他人都死于非命。

作案后，姜成雨迅速逃离了现场。

四年过去了，姜成雨毫无音信。人们发现，那个持枪抢劫杀人案的凶手很像那个“人间蒸发”的姜成雨，外貌、身材都很像，作案的手法也如出一辙。

于是，姜成雨成了警方最大的怀疑对象，被列为“A 级通缉犯”。

江州警方四处寻找姜成雨，可是姜成雨却如泥牛入海，毫无踪迹。

姜成雨会躲在哪里呢？

江州公安全天候、全方位地寻找这个潜逃的凶手……

三

谢永福苟活了十多年，一直在痛苦中煎熬，终日后悔不已，曾一度想要自首。可是，他做不到。后来，他自杀未遂，放弃了轻生的念头。最终，他选择了侥幸地活着。他一遍又一遍地分析和“战友”一起干的那件事，生怕露出破绽。可是，仔细一想，他只是在现场抽了烟，喝了水，连指纹都没有留下。这么多年过去了，除了陈春林，没有任何警察跟他联系过。现在，可以百分之百地肯定，警察根本没有怀疑到他头上。随着时间的推移，那个案子会被人们淡忘，破案的可能性会越来越小。每每想起这些，他都会暗自庆幸。

可是，现实完全超乎了他的想象。他们每次跳出来干点儿什么，都会给警察破案留下线索。

其实，他担心的不是他自己，而是他的“战友”，也就是他的同伙。他的同伙很活跃，不弄出点儿动静来誓不罢休。

他的同伙叫周长龙，和他在同一个村，却不在同一个组。他们是同龄人，一起上小学，一起上初中，从小玩到大，是非常要好的朋友。

周长龙原本不是这个村的，谢永福也不知道他是从哪儿来的。

听说，他父亲早年因为作风问题，破坏军婚，被劳教了两年。后来，他父亲到了周长龙他们村，与上屋组的严凤英结婚，生下了周长龙。周长龙从小就饱受歧视，因此而仇视社会。从小学到初中，他都没有什么朋友。只有谢永福把他当朋友，和他一起读书、玩耍。谢永福不止一次为周长龙打抱不平，周长龙十分感激，把谢永福当成了知己。实际上，周长龙才是真正的"能打之人"，初中没毕业就因为跟同学打架被开除了学籍，早早地离开了学校。

从此以后，周长龙就跟着父亲挑河沙，赚的是血汗钱。可是，没过多久，有关部门就进行了治理，父子俩都失业了，只好回乡务农了。

周长龙一直有个愿望，就是去当兵。那一年，部队来征兵，周长龙参加了体检。体检合格后，他满以为自己的愿望就要实现了，没想到被村支书的儿子给顶替了，原因是他个子矮。可是，他身高一米七，比村支书的儿子高一截，怎么会因身高落选呢？五年后，村支书因贪腐问题被判了刑，当年的事情才浮出了水面。原来，当年村支书花了五万块钱，买通了有关人员，让自己的儿子代替周长龙去当了兵。因此，周长龙对社会的仇恨加深了。

后来，周长龙娶了媳妇，生了儿子。为了多赚点儿钱，他借钱买了一辆旧中巴车，和老婆一起跑运输。可是，老天好像在故意捉弄他们，没过多久就出了车祸，损失了一辆中巴车，还赔了不少钱。

从此以后，他只能回乡以种地为生了。他希望多赚点儿钱，让老婆孩子过得好一些。于是，他便外出打工去了。

有一段时间，他就在三岔口镇打工。

有一次，周长龙回到老家，和谢永福一块儿在镇上吃饭的时候，发现谢永福总是叹气。在周长龙的一再追问下，谢永福道出了实情，说自己遇到了麻烦。他女儿出生时，家里人发现她的外貌极其不正常，上眼睑下垂，几乎遮住了全部眼球。谢永福把女儿送到了医院，经过检查，诊断为“先天性小睑裂综合征”。

在医生的建议下，为了尽快治疗，需要多次进行手术。但是，高额的医疗费让一家人陷入了绝望。

“怎么办?”

“治呀!”

“可是……”

“可是什么?你想让女儿变成瞎子吗?”

“家里真的没钱。”

“你不是作家嘛……作家也没钱?”

“我算什么作家……写几篇酸文章，能值几个钱?唉，都说三十而立，我现在仍然一事无成……想起来，真的很悲哀。”

“得想一想办法呀!”

“你让我上哪儿去搞钱?”

周长龙思考了片刻，说：“有个活儿，就看你敢不敢干了!”

“什么活儿?只要能搞到钱，我什么都能干!”

“那好，我来安排。”

就这样，他们开始行动了。

走上了那条路，就永远没有了回头的机会。

那次行动之后，他和周长龙只见过两次面。第一次见面是在案发后不久，谁也没有再提那件事，彼此心照不宣。

第二次见面，是在不久前。那天，谢永福正好去镇上的邮局寄稿件，一出门就碰见了周长龙。

“哎，老谢，你怎么在镇上？最近还好吗？”周长龙看见了谢永福，打着招呼。

“长龙，怎么是你？好久不见了！走，去裕兴隆饭店，我请你吃饭！”谢永福说。

“吃饭就免了吧，我还有事。在街边说说话就行了！”周长龙说。

“好吧。这些年，你干什么去了？是不是还在上海打工？”谢永福问。

“是，也不全是。”

“此话怎讲？”

“说出来，你别不信——我进去了！”

“进去了？去哪儿了？”

“局子里呗！”周长龙满不在乎地说。

“啊？”谢永福惊恐万分。他最怕的不是周长龙“进去了”，而是周长龙进去以后交代了什么……

“你放心，我什么都没说。我要是说了什么，你还能平平安安地走在街上？”周长龙明白了谢永福的心思。

在江州作案之后，过了一年，周长龙去了云南，在边境搞到了枪支、弹药。他在昆明宣威火车站的候车室，手持当日从宣威到渝都的火车票，准备乘车时，被执勤人员当场抓获。在他的腰部右侧，警方发现了用绿色枪套装着的一把“五四”式手枪和六发子弹。当年的 2 月 21 日，昆明铁路运输法院开庭审理此案，以非法运输枪支罪，判处周长龙有期徒刑三年。于是，他就去昆明铁路监狱服刑了。

周长龙被抓后，“老老实实”服刑，没有透露任何与渝都和江州特大案件有关的事情。后来，他因为表现好而被刑满释放……

周长龙蹲了三年监狱，居然没有把他们干的那件事情说出来，这让谢永福感到非常震惊。

“哦，对了，有件事情，要请你帮忙。”周长龙说。

“说吧，什么事?”谢永福说。

“你是知道的，我喜欢看军事方面的小说，也喜欢看刑侦题材的小说……还有这方面的影碟。你是作家，能帮我找一些，送到我家吗?”周长龙说。

“没问题，小事一桩。你……”谢永福想多问几句，可是周长龙却摆了摆手，好像要走。

“哦，对了，江州那边破案的情况……也帮我弄些资料。不瞒你说，我一直在关心他们破案的进程。今天只能聊这么多了，我得去上海，要赶时间。”

就这样，两个人“闲聊”了一阵，就分道扬镳了。

从此以后，两个人就再也没有相见。

谢永福找了不少军事、刑侦方面的书籍和影碟，送到了周长龙家……

四

时隔八个月，犯罪嫌疑人又出来作案了。

上一起持枪抢劫杀人案件发生后，第二年的 6 月 28 日上午，江州市南坪区桂花坪黑梨路的一个基建工地附近，做汽车配件生意的四十八岁男子张勋遭到一名持枪男子的袭击，头部、腰部受伤。当时，张勋开了一辆“雷克萨斯”汽车，下车后中枪。有目击者称，案发前几天，有一名戴着鸭舌帽的男子拿着一张报纸在工地附近转悠，十分可疑。

案件发生后，警方第一时间赶到了现场。案件发生的时候，江州市公安局的民警们正在离案发现场不远的刑侦支队召开江州系列持枪抢劫杀人案件的侦破专题会。接到报案后，会议立即停止，所有参会人员立即赶往案发现场。

江州警方的反应极其迅速，各警种的参战人员早已做好了应急准备。案件发生的那一刻，离案发现场不远的公路上行驶着一辆特警巡逻车。接到“110”指令后，这辆警车立即对犯罪嫌疑人进行拦截。犯罪嫌疑人行凶后，驾车经过附近的中意路，上了高速路。这里的高速路有两个入口，用的是同一个名字。结果，特警巡逻车从其中一个入口进入了高速路，而犯罪嫌疑人驾驶的车辆则从另一个入口进入了高速路，错过了最佳抓捕机会。于是，犯罪嫌疑人躲过了警察的追捕。

这一次，犯罪嫌疑人什么都没有抢到。他早就通过踩点对现场进行了观察。受害人是个大老板，打开车门就是为了取钱。于是，他便开始行凶了。没想到，他刚开了两枪，周围的群众就大声喊：“杀人了！杀人了！”

此时，犯罪嫌疑人已经意识到了危险。根据往常的作案经验，如果在一分钟之内拿不到钱，他就会立即撤退。周围的群众听到枪声，纷纷赶到了现场。据他推测，不到两分钟，警察就会赶过来。现在，要是去寻找车上和被害人身上的钱财，他就脱不了身了。因此，他必须立即逃离现场。

一个骑电动车的妇女听到有人叫喊，便四处寻找，发现了一名可疑的男子。这名男子一路小跑，企图快速逃离现场。于是，这个妇女就骑着电动车追了上去，与他保持着二三十米的距离。那名男子不时地回头看一看她，好像是在警告她。

这时，有几个人围了上来。这个妇女立即大声喊："抓住他!"

路旁的一名男子赶紧提醒她："他手上有枪!"

于是，她就不再追赶了……

警方通过侦查，很快就得出了结论，此人正是南郊公园枪击案、芙蓉南路农业银行门前持枪抢劫杀人案、东二环枪击杀人案的凶手"爆头男"。于是，警方决定，把这起案件与江州、渝都系列持枪抢劫杀人案串在一起，并案侦查。

此案发生后，匡文正和他的队友们立即调看了黑梨路周围的监控视频，发现中意路附近有一个头戴棒球帽的人，案发前的十多天里一直都在这一带踩点。案发后，这个人离开现场，穿过中意路，往西走过一片基建工地，到了芙蓉路。然后，他就消失得无影无踪了。

这一年的 10 月，李忠诚在菲律宾指挥打击电信网络诈骗犯罪，侦破了几起大案。回国以后，他马不停蹄地赶到了江州。李忠诚与陈春林、王斌等人一起，带着江州犯罪嫌疑人的照片赶到渝都，找到了渝都市公安局的负责人。他们一起研究了案情，制订了下一步的行动计划。

一天夜里，渝都市公安局的一个同志敲开了李忠诚的房门。此人是刑警学院的研究生，名叫刘天明。他一直在研究发生在渝都、江州的几起持枪抢劫杀人案件，到了痴迷的程度。他说，这三个案子很像是同一个人干的。这个人走路很有特点，左脚比右脚慢 0.2 秒。

这是他研究出来的，难能可贵！

在渝都进行了一番部署之后，李忠诚率领专案组的几个同志来到了四川。

在案情分析会上，李忠诚说，这小子又开始干了，周期是半年。犯罪嫌疑人选择的作案地点大都在长江流域，下一个目标有可能是武汉。

可是，武汉究竟是不是下一个目标，谁都无法确定。

第五章　寻踪觅迹

一

惨案接连发生，江州公安机关顶着巨大的压力。

“爆头男”就像一块巨大的石头，压在每一个江州警察的心头。公安局局长王鼎盛认真地回顾了一下，发现以前的侦查思路并没有错。以枪找人也好，以案找人也好，视频开路也好，大排查、大搜捕也好，每一个步骤都没有错。

可是，为什么收效甚微呢？

实际上，警方只掌握了犯罪嫌疑人的一些模糊的外貌特征。虽然对手十分狡猾，善于伪装，但是他并没有生活在真空里，而是实实在在地居住在这座城市里，怎么会找不到任何踪迹呢？全市几万个监控探头，难道连犯罪嫌疑人的影像都记录不下来吗？不可能！

王鼎盛局长觉得，要从细节入手，不放过任何可疑之处。李忠诚的到来，让他们看到了新的希望。王鼎盛局长决定，从李忠诚说的“抓住不变特征，回头观看视频，去除外在伪装，发现正面图像”入手，把重点转移到视频侦查上来。于是，警方试图通过“视频回头看”，从海量的视频资料中捕捉到犯罪嫌疑人的影像。

此时，市公安局的视频系统已经初具规模，刑侦支队有一间能容纳四十余人的调度室，可以调看全市任何一个地方的监控视频。

所有参战单位都把所在辖区的监控视频拷贝了下来，全市的U盘售卖一空。市公安局刑侦支队从各基层单位抽调民警，成立了一个三十多人的核心观看组，在支队集中观看视频。由于看视频的人手不够，有的单位就请当地的大学生来帮忙。

破案是一个系统工程，每一个环节、每一个细节都很重要。哪个环节出了差错，都有可能导致整个侦破工作功亏一篑。李忠诚一回到江州，就要求破案的民警稳扎稳打，步步为营。几个案发现场，既没有可疑的指纹，也没有其他有价值的痕迹。因此，从监控录像中寻找犯罪嫌疑人的踪迹，是目前唯一的出路。

24日，李忠诚要求全市公安机关调集一百名民警，集中查看视频资料。为了提高效率，他要求公安机关发动群众，请地方院校的大学生来帮助查看视频资料，并且对他们进行了培训和指导。他强调，要突出重点，不管是河东还是河西，只要发现了嫌疑人的影子，就要查看二百米以内的监控录像。

26日，李忠诚率领省、市公安机关的刑侦民警前往渝都，研究“系列专案”。

29日晚上，李忠诚和专案组的其他同志回到江州，连夜听取江州方面的工作汇报，询问了观看视频的进展情况。

功夫不负有心人，正是这一次“视频回头看”，使侦破工作有了重大突破。

在这些被抽调来看视频的人当中，有一个叫“丁向阳”的人，是南坪公安分局刑侦大队的一名刑警。

丁向阳所在的小组负责查看河西麓山南路、阜埠河路一带的监控视频资料。一般的监控视频资料，会自动保存十五天。超过十五天，新的视频就会覆盖原有的视频。丁向阳他们看的视频资料早就过了保存期，按理说应该早就消失了。可是，无巧不成书，当地发生了一起盗窃案件，那一带的视频资料被封存了起来。于是，这份珍贵的视频资料被保存了下来，为警方提供了重要线索。

丁向阳在核心组连续看了三天视频。第四天，丁向阳突然发现，在麓山南路和阜埠河路的岔路口附近，出现了一个貌似犯罪嫌疑人的身影。这一带有不少餐饮店和小商铺，那个人摇摇晃晃地走到卖包子的小摊前，买了两个包子和一杯豆奶。因为探头离得有些远，所以那个人的影像比较模糊。丁向阳这双眼睛，有点儿像鹰眼，捕捉细节的能力很强。看了一会儿，他越来越觉得那个人很像持枪抢劫杀人案的凶手。

丁向阳赶紧叫来同组的同事，可是他们看完之后，都说不像，还说出了一堆理由。丁向阳不甘心，又请来了负责视频工作的匡文正和重案大队的副大队长老胡。匡文正和老胡都对视频侦查很有研究，并且有摄影的功底，一看便知，此人很像那个持枪抢劫杀人案的犯罪嫌疑人！

匡文正当即决定，重点查看此段视频，并集中调看这个可疑地点周围的监控视频。组员们经过分析，认为犯罪嫌疑人作案的地点在东区。视频中，犯罪嫌疑人买早点的时间是早上七点多。在同一时间段，案发现场周围并未留下犯罪嫌疑人踩点的视频，踩点的视频是在另一个时间段拍摄的。两段视频不在同一时间段，这就说明犯罪嫌疑人是在甲地吃早餐，在乙地踩点作案，完全合乎逻辑。疑点迅速升级！匡文正、丁向阳等人立即将这个发现向专案组进行了汇报。

他们发现的这个“疑似目标”，是否就是犯罪嫌疑人呢？这个“疑似目标”到底在哪儿？必须尽快判断“疑似目标”是否就是犯罪嫌疑人，这将决定案件侦破的大方向，也将决定此次行动的成败。

因为监控视频的影像不清楚，难以辨认，所以专案组内部有截然不同的两种意见。一种意见是肯定的，认为丁向阳发现的目标就是犯罪嫌疑人。另一种意见是否定的，认为视频里的那个人根本就不是犯罪嫌疑人。

大家争执不下，把“官司”打到了李忠诚这里。李忠诚反复观看视频，心里就有了底。

第一段视频被否定了，第二段视频也被否定了。第三段视频，争议最大！匡文正的意见是肯定的，同意丁向阳的看法，而专案组的一位负责人却持不同意见。否定的理由有三个：第一，这个人太年轻；第二，这个人走路的姿势不对；第三，根据多年现场勘查的经验，断定这个人绝非犯罪嫌疑人。

匡文正依然坚持自己的观点，认为这段视频有疑点。

李忠诚反复看了视频，最终认定——就是他！

第二天，他们重新看了视频，又发现了这个人。

完全可以肯定，就是他——“爆头男”！

反对的声音没有了，事实胜于雄辩。

“立即把视频中的这个人找出来！”李忠诚当即作出了指示。

专案组的同志们马上追查，又发现了与此人有关的新视频，时间为3月29日早上。

29日，天刚亮，李忠诚就带领专案组的侦查员们火速赶到了视频中犯罪嫌疑人出现的位置，发现这里的环境与专案组分析的犯罪嫌疑人选择的作案地点一模一样。此时，完全可以认定，视频中的那个人就是发生在江州的多起持枪抢劫杀人案的犯罪嫌疑人——“爆头男”！

这是犯罪嫌疑人第一次以本来面目出现在监控录像中，没有化装。丁向阳的这个发现，为警方侦破此案奠定了坚实的基础。后来，丁向阳因此而荣立了一等功。

这一发现足以证明，犯罪嫌疑人就在这一带活动。这就印证了匡文正的分析和判断：犯罪嫌疑人是乘坐905路公交车赶往作案地点的，905路公交车的发车地点就在这一带。

二

以905路公交车的始发站为中心，方圆五公里之内没有发生过持枪抢劫杀人案件。这就说明，犯罪嫌疑人的生活区域和工作区域是分得非常清楚的。简单地说，他是在河东作案，在河西休息，泾渭分明。

岳西区公安分局局长于智利得知“爆头男”在905路公交车

的始发站附近活动，一刻也不敢耽误。一方面，他在市公安局指挥部开会，在全市的范围内部署专项行动。另一方面，他悄悄地安排分局的同志连夜在 905 路公交车的始发站附近展开清查。

“掘地三尺，也要把‘爆头男’找出来!”于智利要求分局的同志全力以赴地寻找犯罪嫌疑人。

这一夜，岳西分局全员出动，突击清查流动人口，对出租屋、宾馆进行检查，并且以 905 路公交车的始发站为中心，在方圆五公里的范围内设卡。所有显眼的地方，都贴出了最新的通缉令。

警方布下了天罗地网，犯罪嫌疑人插翅难逃。

可是，这一晚，犯罪嫌疑人并没有出现在警方的布控范围内，他在一个谁也想不到的地方睡得正酣。也许，他就在 905 路公交车的始发站附近活动，只是警察还没有找到他。

就在这天晚上，李忠诚下了很大的一盘棋。他调兵遣将，运筹帷幄，精心策划着第二天的重要行动。可是，他万万没有想到，岳西分局在未向专案指挥部报告的情况下，悄悄地提前行动了。更让他想不到的是，这个行动彻底改变了案件侦破的结局。

第二天早上，李忠诚带着胡副局长、陈春林，再次来到了前一天去过的那个地方。这里的“形势”已经大变，满街都贴着印有犯罪嫌疑人照片的通缉令。

这是怎么回事?

胡副局长告诉李忠诚，前一天晚上，岳西分局已经开始了清查行动。可是，该查的都查了，什么也没发现。

“谁叫他们干的?为什么不向指挥部报告?”李忠诚十分恼怒。显然，他们这次贸然行动，完全打乱了李忠诚的计划，使下一步的侦查行动陷入了被动。

前一天晚上，李忠诚已经进行了部署，安排了一百名便衣警察，荷枪实弹，深入此地进行秘密调查。他们要在不惊动“爆头男”的前提下，摸准他的位置，突然袭击，一举将其抓获。

计划是好的，可是计划赶不上变化。

于是，李忠诚便对胡副局长说：“怎么能这样?”

“确实不能这样！可是，他们已经提前行动了。市局会从严处理！现在，最重要的是怎么补救。”胡副局长回答。

“知道了我们的行动，犯罪嫌疑人会等着我们来抓吗？如果我没猜错的话，他很有可能已经跑了!”李忠诚说。

三

农舍的门外，有人在轻轻地敲门。

屋里的女人小声问：“谁?”

“是我，快开门!”

门很快就开了。

“你怎么这个时候回来？出什么事了?”女人问。

“别说了！我被警察盯上了!”男人说。

“啊?！他们知道是你干的了?”女人惊讶地说。

“他们要是知道了，我还能回家吗？放心吧，他们不可能知道。我只是有一种感觉，他们可能盯上我了。今天，我住的地方突然来了很多陌生人。一看就知道，他们是便衣警察……还到处贴印着我照片的通缉令。那个地方，我是待不下去了……就赶紧走了。再不走，我就有可能被他们抓住。”男人说。

“太危险了！以后，再也别去江州了！”女人一边说，一边从男人手里接过了行李。

“对！我再也不去江州了，好好在家待着，陪着你和儿子。对了，儿子呢？”男人问。

“睡着了。”女人回答。

男人看了看女人，一把将她搂到了怀里。

女人推开男人，说：“一身臭味，洗完澡再说！”

“还洗什么澡？我等不及了！”说完，他一下子把女人扔到了床上。

……

女人躺在男人的怀里，问：“这些年，你住在哪儿？”

“想知道吗？”

“你的事情，我都想知道。”

“有些事情，你还是不知道为好。多一个人知道，就多一些危险。”

“老实交代，你是不是在外面有女人了？不然，你怎么这么长时间没回来？”

“跟你说过多少回了，打死我也不会碰别的女人。你忘了吗？章军是怎么被抓的，是怎么死的？不是章军不厉害，而是他太厉害了！可是，他还是被警察抓了。为什么？原因有两个：一个是女人，一个是手机。所以，我永远也不会去碰别的女人，也不会用手机。”

“这还差不多！哎，你还没告诉我呢，你住在哪儿？住在宾馆，还是住在出租屋？”

“都不是。”

“那住在哪儿？”

“住在山上，给死人当邻居。”

“啊？你……不怕呀？！”

“有什么好怕的！人之所以害怕，是因为心虚，相信有鬼！其实，哪有什么鬼呀！那个地方叫天马山，山上埋的都是古代的王侯将相。我经常梦见他们，跟他们说话……”

“好了好了，越说越没边了！你不怕，我还怕呢！你在那里待了那么久，真的没发生什么怪事？”

“哎，还真发生过！要不要听？”

“还是算了吧，听了睡不着觉！”

“没事，有我呢！有一天，我睡在帐篷里，听到外面有人在挖土，声音很大。那一次，我真的害怕了。”

“他们是什么人？”

“应该是盗墓的。”

“你也有害怕的时候？”

“其实，我不是害怕他们，而是担心他们发现我住的地方。一旦张扬出去，我就连住的地方都没有了。要是警察知道了我的行踪，我就会被发现，麻烦可就大了。所以，我一直没有惊动他们。他们盗他们的墓，我睡我的觉，谁也不打扰谁。我之所以能长期在那里居住，没有被人打扰，是因为那里一年到头没有人去，除了上山扫墓……”

“要是遇见扫墓的人，怎么办？”

“我早就做好准备了。清明节前，我及时收拾好行李，白天离开墓地，晚上再回去休息。”

“你的胆子可真大!”

“那当然了，不然怎么……”

“别吹牛，小心祸从口出!”

“是，你说的对!”

“你上次是从哪儿打来的电话？不怕警察监听吗?”

“放心吧，他们根本想不到，我在河西上网，不关电脑，却在河东给你打电话。在同一个时间干两件事，他们再厉害也抓不到我。我到底在哪儿，跟谁都不要说。还是那个借口——在上海打工!”

“谢作家去上海找过你吗?”

“他找我干什么?”男人有些紧张地问。

“他来过家里几次，问你在哪儿。”

“又来了?”

“嗯。有些情况，我在电话里告诉你了。他找了一些书，还有影碟。怎么，你把那边的事情告诉他了?”

“我只是托他找些资料！正好，这些东西，我明天带走。他还说什么了?”

“什么也没说。你跟他……难道……”

“别胡思乱想了，什么也没有。他是个作家，跟我们不是一路人。”男人否定了女人的猜疑。

有一次，他把渝都的一个哨兵给杀了，抢走了那个哨兵的半自动步枪。回到家里，他挎着那支半自动步枪在女人面前走正步，像个顽皮的小孩。那些事情，他从来不对女人隐瞒，唯独跟谢永福一起干的事情不能说。

“他说，等他写的书出版了，要送给你两本。他要到上海去看你，问我要上海的地址……我就把你堂兄的地址给了他。”

“噢，是这样！他呀，就是个书生！以为写几篇文章就能上天，到头来还是穷困潦倒！”

“人家是高尚的人，咱们可比不了。”

“高尚？那倒也是……永福这个人不错，是我唯一的朋友，也是我最好的朋友。哦，对了，以后如果……我是说如果，我出了什么事，你就去找他。”

“胡说什么呢！你不会有事的！”

“好，不会有事！”

男人长长地叹了一口气，不想再多说什么。

这么多年过去了，他一直没有停止作案，先踩点、制订预案，然后伺机行动。作案之后，他会反复总结，吸取教训。他有两次被抓，都是因为没有准备。第一次被抓，是因为调戏女孩子。他在大街上对人家动手动脚，如此明目张胆，怎么可能不被抓？还有一次被抓，是在火车站。他好不容易从缅甸弄来了一把手枪，还有几发子弹，就直接去乘火车了。这不是自投罗网吗？他曾经一次又一次地后悔，埋怨自己不该那么不理智。从那以后，他就有了经验，变得越来越狡猾了。在监狱服刑三年，他根本没有认真地反省。从进去的第一天起，他就时刻提醒自己，千万不要把三岔口的案子说出来，否则将万劫不复。还好，警察一直没有来找他，这就说明他还没有被发现。他的反侦查意识增强了，这让他在犯罪的泥潭里越陷越深。

突然，他好像记起了什么，从口袋里掏出一张银行卡，递给女人，说：“这是这两年的工资，全给你。密码是你的生日！”

“多少？”

“够你们娘儿俩生活一辈子。”

“谢谢！”

女人闭上眼睛，投入了男人的怀抱……

四

这两年，江州接连发生了好几起持枪抢劫杀人案件。谢永福一直在关注与这些案件有关的新闻，发现《江州日报》上刊登了一个通缉令。虽然这个通缉令上没有犯罪嫌疑人的照片，但是根据描述，他判断这个人很有可能是周长龙。

周长龙从小就特别喜欢玩枪，甚至可以说爱枪如命。读书的时候，他就喜欢跑到镇上去打气枪。他打得很准，可以说是百发百中。摆气枪摊儿的老板对他印象很深，因为再高的奖励，他都能拿到，老板根本挣不到钱。老板只好让他免费打五分钟，不然生意就做不下去了。

陈记旅店的那次行动之后，周长龙对谢永福说，他要去上海打工了。从那以后，两个人有很长一段时间没有联系。

几年以后，他们俩突然在镇上碰见了。那一次，谢永福从周长龙那里了解到了不少情况。周长龙非法持枪被抓，被判了三年刑。在服刑的这三年中，他居然什么都没说，保守住了那个天大的秘密。

那次见面之后，谢永福发自内心地感激周长龙。有一次，周长龙用江州的公用电话给谢永福打了个电话，想了解一下江州警方侦破几起特大案件的进展情况。

他和这几起持枪抢劫杀人案件有什么关系呢？

周长龙知道，江州市公安局刑侦支队重案大队的大队长陈春林是谢永福的同班同学。

周长龙想让谢永福给陈春林写一本破案的书……

这是什么意思？

如果那几起案件的犯罪嫌疑人真的是周长龙，那么后果就太严重了。他会一直作案，永远不会停止。

谢永福肯定不会去采访陈春林，写陈春林破案的故事。一句话，他不会再听从周长龙的指使了。

现在，他终于明白了周长龙的真实用意。

谢永福十分后悔，甚至有些后怕。他原以为，那件事就那么过去了。可是，没想到，周长龙还在干这些触碰法律底线的事情。

不能再这么糊涂下去了！不能再帮他了！不仅不能帮他，还必须坚决制止他……

谢永福觉得，要想制止周长龙继续犯罪，最好的办法就是把自己掌握的情况告诉陈春林。这就意味着，谢永福主动投案，而周长龙则将成为通缉犯。可是，即使谢永福投案自首了，周长龙也会逍遥法外。

这到底是不是最佳选择呢？他有必要自投罗网吗？

谢永福觉得，自己还不能暴露。要想解决问题，就不能把自己先解决掉。更何况，现在他只是怀疑，没有直接的证据。

他必须找到周长龙!

警察很难找到周长龙，因为这个人太狡猾了，反侦查能力极强。如果发生在江州的几起持枪抢劫杀人案件都与他有关，那么他就太可怕了。这么多起案件都是他一人所为，竟然没有留下任何痕迹……

于是，谢永福突然有了一个想法：帮警察破案!

这个想法，也许只有他这个作家才会有。说白了，就是一个杀人犯想帮警察破案，实在是荒唐透顶!

可是，谢永福就是这么想的，甚至想借此机会立功。

谢永福想给周长龙打电话，却没有周长龙的手机号码。

谢永福当天就去了周长龙家。可是，周长龙不在家。

实际上，周长龙极少在家。

“他在哪儿?”谢永福问周长龙的前妻黄桂花。

“不知道。我们已经离婚了！他在哪儿，我不知道。”黄桂花说。

“他不是一直跟你有联系吗?”

“那是以前，现在不联系了。”

“那……不管怎么说，你们毕竟夫妻一场，肯定知道……他不是在上海打工吗?”

“我……真不知道他在哪儿!”黄桂花回答。

“下个星期，我要去上海出差……我有事找他。请你把他的地址给我!”谢永福说。

“那好吧，看在你们兄弟一场的分儿上，我给你个地址。他在不在，我就不知道了，反正他一直都说在那儿打工。”黄桂花给了谢永福一个地址，是周长龙堂兄公司的地址，但是没有给周长龙的手机号码。黄桂花说，周长龙从来不用手机。

第二天，谢永福就去上海找周长龙了。结果，他得到的回答是：周长龙从来就没有在那里打过工。

谢永福一下子就蒙了，怎么会这样？周长龙不是一直在上海打工吗？

黄桂花说，周长龙一直在堂兄那儿打工。是黄桂花欺骗了谢永福，还是周长龙欺骗了黄桂花？还有一种可能，那就是周长龙欺骗了所有人。

看来，周长龙早就想好了，不让任何人知道他在哪儿。

周长龙为什么要躲避？他到底在干什么？他所做的一切与江州那几起持枪抢劫杀人案件有什么联系？

一切都是那么扑朔迷离……

五

30 日这天下午，犯罪嫌疑人逃离了这个地方。

这一次，警方的追捕还是慢了半拍。这一年的清明节前，岳西分局派出了几百人，在附近清查了五天，发现了犯罪嫌疑人居住的山坡和丢弃的行李。显然，犯罪嫌疑人曾经在此处落脚。

也许，就在警察来的前一天，他还在山上睡大觉。可是，他的嗅觉太灵敏了，闻到一点儿气味就逃之夭夭了。

目标失踪了！

“还是要从监控视频入手!”李忠诚下达了指令。

这一天，李忠诚来到河西，在视频里犯罪嫌疑人出现的地方转悠了一阵子。他走到905路公交车的始发站附近，看到了一家建设银行。

现在看来，要找到“爆头男”，还得在这一带寻找线索，通过监控视频找到突破口。

李忠诚做事，讲究的是扎实、认真。他走到建设银行门前，查看了一番。可以肯定，这里有监控设备。

这天下午，李忠诚问过银行的负责人，得到的回答是：“这个监控设备是四年前安装的。”

四年了，犯罪嫌疑人是否一直在这一带活动？会不会留下痕迹？

于是，他们扩大了调看监控视频的范围。

发现那段视频以后，警方搜捕的重点就转移到了河西一带。

很快，警方就在这一带的监控录像中发现了犯罪嫌疑人的踪影。在麓山南路光大银行门口的摊点旁边，犯罪嫌疑人买了包子。在帅帅网吧，犯罪嫌疑人曾经多次上网。经过调查，警方发现，犯罪嫌疑人上网时使用的身份证上面的姓名是“刘伟”。

犯罪嫌疑人真的是刘伟吗？

根据警方掌握的情况判断，犯罪嫌疑人多次作案，反侦查能力极强，是不会使用自己的身份证的。警方很快就找到了那个叫“刘伟”的人。这个人居住在望岳区，年龄跟犯罪嫌疑人差不多，长相跟犯罪嫌疑人也颇有几分相似。刘伟以开摩的为生，有一次碰见了这个犯罪嫌疑人。犯罪嫌疑人说自己忘带身份证了，想借他的身份证用一下，到邮局取一个包裹，并且给了刘伟二百块钱。刘伟收了钱，就把身份证借给了犯罪嫌疑人。然后，他老老实实地在那里等犯罪嫌疑人回来，可是等了很久也不见其踪影。从此，犯罪嫌疑人就成了“刘伟”。

犯罪嫌疑人在帅帅网吧上网的时候，一直非常谨慎。在这里，每台电脑旁边都有一个摄像头，可以把上网者的头像自动拍下来。犯罪嫌疑人早就想好了对策，第一次进入网吧就把自己伪装了起来。每次上网，他都要先把电脑旁用于视频聊天的摄像头挪开。他的机位上没有摄像头，也就不会留下上网者的影像。然而，他万万没有想到，在他前面那一排的机位上，摄像头正好对准了他，拍下了他的正面影像。当时，网络技术部门封存了网吧的那段视频录像。

专案组终于在那段视频中找到了犯罪嫌疑人的正面影像，也就有了通缉令上的那张照片。

这么长时间了，终于看到了这个“恶魔”的真正嘴脸！

最新通缉令随即赶制出来，第一次比较清晰地印上了“爆头男”的照片。从照片上可以看出，犯罪嫌疑人的右侧眉毛中间有一颗直径大约两毫米的圆形黑痣。江州警方迅速印制了十万份通缉令，面向全省发布。

第六章　擦肩而过

一

谢永福看到最新发布的通缉令，一下就傻眼了。

这个人就是周长龙！他竟然成了持枪抢劫杀人的狂魔！

“他为什么就不能安安稳稳地过日子呢？为什么非要继续折腾？如果他落网了，我这个著名作家……”此时，谢永福心中充满了愤恨和绝望。

谢永福把通缉令看了一遍又一遍，发现照片上的人右侧眉毛中间有一颗直径大约两毫米的圆形黑痣。可是，周长龙的脸上根本没有黑痣！

谢永福和周长龙一起从小玩儿到大，在学校里坐在一条板凳上，从来没有发现他脸上长着黑痣。谢永福知道，周长龙十分狡猾，善于伪装。所以，可以百分之百地肯定，这颗黑痣是假的，是周长龙为了躲避警方的追捕故意贴上去的。

别人不知道，谢永福还能不知道？

不过，仅凭通缉令，警察是找不到周长龙的。这张照片上的人，就连周长龙的亲戚朋友也不可能认识，因为他们认识的周长龙，右侧眉毛中间没有圆形黑痣。这是一个十分明显的标志，却是假的，任何人都无法根据它找到犯罪嫌疑人。

在这个世界上，除了谢永福，没有人能辨认出这张脸。通缉令上既没有作案者的姓名，也没有作案者的地址。更要命的是，照片上的犯罪嫌疑人长着一颗可怕的黑痣，而这颗黑痣是为了掩人耳目才粘上去的。顺着这条线索去寻找犯罪嫌疑人，是永远不会有结果的。

通缉令上的人身份不明，而这颗黑痣会误导所有人。警察到哪里去抓他？群众到哪里去发现他？

谢永福认出了周长龙，认出了那张经过伪装的脸。

下一步该怎么办呢？

看到这张通缉令，谢永福在思考：要不要把这件事告诉警察，为他们提供线索？要不要告诉陈春林？

为警察提供线索不是上策，可能会暴露自己。周长龙要是知道是他报的警，马上就会把他供出来。这样的话，他就彻底完了。

他不能这样做！

谢永福看了这张通缉令之后，一直在琢磨。其他人看了这张通缉令，可能会无动于衷，或者为警察提供线索。可是，他不能做这些，只能去研究这张通缉令会给他带来什么后果。

此时，他的心情十分复杂。他真心希望警察能够尽快抓住周长龙，不让他再危害社会。可是，警察抓到了周长龙，就意味着他自己也会落网。

他要是说出照片上的人就是周长龙，警察就能少走好多弯路，很快就能确认作案者的真实身份，从而解开这一系列持枪抢劫杀人案的谜团。

现在，他只要打一个电话，情况就会发生逆转。

可是，他不愿意这样做。周长龙如果知道他说出了真相，绝对不会饶过他。

谢永福和周长龙曾经有个约定：如果有一个人落网了，就把那件事给扛下来。另一个人留在这个世界上，照顾两家的孩子。

几年前，周长龙在云南非法持枪被抓，没有把谢永福供出来，谢永福才得以安全无忧，成了著名的作家。刑满释放后，周长龙重获自由。完全可以预测，周长龙要是再次被抓，依然不会供出谢永福。

思来想去，谢永福还是下定不了决心，毕竟他与周长龙有过约定。

怎么办呢?

只要周长龙不被抓，就会继续持枪抢劫杀人，危害社会。谢永福知道自己不是什么好人，但是他的良心尚存。他希望周长龙能够迷途知返，走出犯罪的泥潭。

怎样才能阻止周长龙犯罪呢?

他琢磨了很久，终于想到了一招儿。他想出了一个近乎完美的计划，既可以保全他自己，又能帮助警察抓到周长龙。

如果警察真的抓到了周长龙，周长龙很可能像上次一样，什么也不说。即使周长龙想拉个垫背的，把所有事情都说出来，也没关系——这一天迟早会到来!

渐渐地，谢永福想清楚了……

二

两年来，李忠诚一直跟江州警察一起摸爬滚打，战斗在刑侦一线。经过一番调研，李忠诚提出了一系列意见和建议：第一，立足江州，以视频为主；第二，寻找犯罪嫌疑人的落脚点；第三，加强数据分析；第四，加大宣传力度，让更多的人参与破案。

通过观看视频，警方要解决两个问题：发现犯罪嫌疑人无伪装的身影；弄清犯罪嫌疑人的活动范围。江州警方积极行动，加大视频侦查力度，有了一个又一个新的发现。同时，警方在新开铺、河西麓山南路等重点区域展开了大规模排查，做到了“区不漏栋，栋不漏户，户不漏人”。

事实证明，刑侦专家的一系列部署起到了关键性作用，为警方认识嫌疑人、走近嫌疑人、制服嫌疑人奠定了坚实的基础。

根据枪弹专家的分析，犯罪嫌疑人所用的“M20”手枪很可能来自缅甸。李忠诚率领专家组和专案组的成员前往云南，请云南警方协查，继续“以枪找人”“以案找人”。

李忠诚认为，犯罪嫌疑人的枪支很有可能来自中缅边境。犯罪嫌疑人的枪法很准，弹无虚发，所以专家们认为，他很有可能以前当过兵。于是，由李忠诚牵头的专案组对驻滇部队的转业、退伍军人进行了逐一摸排，并未发现可疑对象。

在军、警相关部门的全力支持和配合下，李忠诚率领专案组成员长途跋涉了两千多公里，历时两个月，走访了百分之九十的边境县，广泛开展摸排，寻找枪源。

除了查枪，李忠诚还对昆明警方进行了全面部署，通报了江州、渝都持枪抢劫杀人案件，并要求当地警方全力寻找相关线索。

此时，李忠诚率领的江州专案组已经走近了“爆头男”。应该说，前面的侦查思路是正确的。按照这个思路再往前走一步，这起震惊全国的特大系列持枪抢劫杀人案件就有可能成功告破。

2005年10月16日下午，“爆头男”携带枪支、弹药出现在昆明宣威火车站的候车室，被当场抓获。

在昆明铁路监狱服刑的三年期间，“爆头男”没有吐露过半点儿与渝都那几起特大案件有关的信息。他“老老实实”地服刑，刑满释放后继续作案。

2011年3月，专案组专程来到昆明，对涉枪案件进行重点侦办。“爆头男”是排查的重点对象之一，只要进一步摸排，就能让他露出马脚。布置好侦查工作之后，工作组就回到了江州。

这时，李忠诚由于疲劳过度而病倒了，不得不住进了医院。

三

有一对十岁的双胞胎男孩，跟着母亲坐公交车。其中一个男孩发现车上有一个人很像通缉令上的“爆头男”。他没有喊叫，用小手轻轻地扯了扯母亲的衣袖。其实，他的母亲也注意到了这个与“爆头男”很像的男人。

母亲很冷静，用手捂住了儿子的眼睛。她知道那是个危险人物，不想让儿子盯着他，怕引起他的注意。

下一站，“爆头男”下车了。

那个地方叫“新开铺”！

回家之后，这位母亲告诉孩子的父亲，他们发现了“爆头男”。

孩子的父亲说：“别瞎说，这种事情可不能开玩笑！”

孩子的母亲坚持说：“那个人很像通缉令上的‘爆头男’。”

孩子的父亲说：“多一事不如少一事，这种事情最好不要管。”

孩子的母亲说：“不行，必须报警！这是一个重要情况，应该让警察知道！”

孩子的父亲不让，孩子的母亲就把孩子的父亲骂了一通，坚持要报案。

很快，情况就反馈到了专案指挥部。民警们经过认真甄别，发现那对双胞胎男孩的母亲反映的情况属实，那个人极像“爆头男”。

专案指挥部立即部署，对新开铺一带进行大规模排查。

他们加大了宣传力度，在街道的每个角落都贴上了印有犯罪嫌疑人照片的通缉令。大批的警力被抽调到新开铺一带，分片包干，深入社区的居民家中，进行拉网式排查。同时，他们对出租屋、旅馆等场所进行全面清理，不放过任何可疑之处。对于银行等重点单位，他们进行重点保护，防止犯罪嫌疑人再次铤而走险……

案件发生后，专案指挥部收到了数以千计的举报信息。警方认真甄别，分级核查，件件落实，决不遗漏任何一条有价值的线索……

南郊公园枪击案件发生的时候，有个男孩从厕所里出来，发现一个男人在厕所旁边的树林里掏枪，赶紧把这件事告诉了自己的妈妈。那位母亲观察了一下厕所周围的情况，没有发现掏枪的男人。回去之后，孩子的妈妈把这件事告诉了孩子的爸爸。孩子的爸爸是一个出租车司机，早就听说了枪击案的事，让孩子的妈妈少管闲事。直到发生了“10・25”江州市江湾东二环一段 220 号门前的枪击案，孩子的爸爸才把这件事情告诉了专案组。

警方在新开铺一带摸排了三个月，挖地三尺，也没有发现“爆头男”的踪影。

四

其实，姜成雨根本就不是系列持枪抢劫杀人案的凶手。因为他长得很像那个“爆头男”，再加上他心狠手辣，人们便把他跟那一系列惊天大案联系在了一起。

多年前，他在按摩院作案之后，便逃了出来。他清洗了血衣，隐藏了作案凶器，便大摇大摆地离开了按摩院。从按摩院到他租住的地方，不足一公里。他回到租住地的时候，已经是早上五点四十分了。杀了人之后，他碰到的第一个人就是他的房东。房东听到了按摩院那边的响声，想去看看，正好遇到了姜成雨，就问：“怎么回事?”

姜成雨故作镇定，像什么事也没有发生一样，说：“没事，闹着玩儿的!”

房东没有多问，知道他跟按摩院的老板关系不一般，打打闹闹是家常便饭。

可是，这一次闹的动静有点儿大。两个小时之后，有人到按摩院来找老板吴萍，发现了躺在地上的一家人。那个人立即报了警，警务人员将尚有生命体征的吴萍和侄子送到了医院。结果，吴萍和侄子捡回来一条命，其他五个人均已死亡。

又是一个惊天大案！

经过调查走访，警方得出了结论：凶手是姜成雨。作案原因是：求婚不成，顿生杀念。

姜成雨作案后，立即逃离了江州。他租住的地方离火车站不远，乘坐火车很方便。买票的时候，他突然意识到，如果警察发现了按摩院的尸体，可就麻烦了。警察肯定会全城追捕，乘火车逃跑等于自投罗网。于是，他改变了主意，顺手拦下一辆去潭州的中巴车，离开了江州。

到了潭州之后，姜成雨并没有去广州。他几次搭车，辗转到了昆明。在昆明，他看到了印着自己照片的通缉令。他非常害怕，便来到了边境，去了缅甸。他在缅甸躲了一段时间，在农场里帮人家种植农作物。靠着微薄的收入，他平静地度过了半年的时间。

其实，缅甸并不安全，时常有人打听他的情况。于是，他决定回国。

回国后，他先后在浙江、江西等地流浪，靠捡垃圾度日。在昌北机场的天桥下，他找到了一个藏身的地方。他在桥底下搭了个小棚，住了一年多。后来，这个地方被列为拆迁区域，他只好离开了。

姜成雨继续流浪，又累又饿地倒在地上睡着了。村里的一个鱼塘主见他可怜，收留了他。鱼塘主对他只有一个要求：帮着照看鱼塘。

姜成雨当然愿意了，因为“有吃有住”是他当时最大的人生目标。四处流浪的时候，为了避免别人问他以前的事情，他只好装聋作哑。现在，来到了一个新的环境，他要争取长期住下去，仍然要装成哑巴。为此，他专门观察了一下真正的哑巴怎样和别人交流。

慢慢地，他适应了这里的生活。当地人觉得他诚实可靠，经常请他帮忙。对当地人的请求，他从不拒绝。他帮人家粉刷墙壁、搞绿化，在这个村庄一待就是好几年。

从作案到最后暴露，他隐藏了十一年。

这一年的 8 月，经村里的朋友介绍，姜成雨来到了一个基建工地。进工地之前，老板要求所有受聘人员出示身份证。姜成雨心想，那件事情已经过去十一年了，不会有人记起来了。更何况，这里远离江州，谁都不会在乎他是谁。于是，他便毫不犹豫地出示了自己的身份证。可是，他做梦也想不到，这一举动竟然要了他的命。

当地的一名社区民警在招工现场看到了姜成雨的照片，觉得这个人很眼熟，好像在哪里见过。尽管姜成雨戴着帽子，故意用帽檐遮住了半张脸，但还是引起了这名警察的怀疑。

当时，发现破绽的民警什么也没说，依然让基建工地的老板招收了姜成雨。

这位民警回到派出所，立即与江州警方取得了联系。江州的警察立即赶到这个基建工地，喊了一声：“姜成雨！”

“哑巴”姜成雨听到喊声，本能地抬头看了看。一看到身穿制服的警察，他马上就意识到，自己的末日到了。江州的警察拿出手铐，走向了姜成雨。姜成雨没有反抗，主动把手伸了出来……

姜成雨当天就被押回了江州，等待他的是法律的严惩。

可是，他并不是“爆头男”，与持枪抢劫杀人案件没有任何关系。

五

早在匡文正判断出“犯罪嫌疑人乘坐 905 路公交车来到了公交新村”时，他的队友就顺着这条线索进行了追踪。他们通过视频追踪，有了重大突破。通过实地追踪，他们发现犯罪嫌疑人乘坐 905 路公交车来到了犯罪现场附近。那么，他是从哪里上车的呢？也许，找到他上车的地方，就能找到他落脚的地方。

这是一个极有价值的侦查思路！

可是，无论是市公安局的核心观看组，还是其他负责观看视频的人员，都没有发现那个戴棒球帽的神秘男人出现在 905 路公交车上，也没有发现他从沿途的任何一个车站上车。

看来，只能用最原始的办法了，即：警察乘坐公交车，沿途寻找“爆头男”。

天还没亮，黄小欣和队里的几个年轻人就跑到河西的 905 路公交车的始发站，去赶头班车。犯罪嫌疑人的出没是有规律的，每天六七点钟就出去吃早餐，然后乘坐 905 路公交车外出办事。警方必须赶上头班车，从而发现犯罪嫌疑人的踪迹。

实际上，这是一种冒险。犯罪嫌疑人身上有枪，一旦与他遭遇，就是一场生死的较量。

黄小欣他们每天都要在早上六点之前赶到麓山南路905路公交车的始发站，搭乘第一班公交车。他们认真观察上下车的乘客，寻找“爆头男”。他们有一种预感，一定会在公交车上与“爆头男”相遇。

整整一个月，他们风雨无阻。

功夫不负有心人，黄小欣和队友们发现了“爆头男”乘坐905路公交车的规律。“爆头男”到某个地方去作案之前，会去踩点。有时候，作案前十多天，他就会在作案地点附近转悠。他会选择在作案地点的前几站下车，步行前往作案地点。以东二环的枪击案为例，他每一次乘坐905路公交车，下车的地点都不一样，要么提前，要么错后，让人摸不到规律。

黄小欣还发现，“爆头男”在南郊公园枪杀张仁寿的时候，就踩了点。枪杀现场的对面有一个建设银行，案发现场和建设银行仅隔一条马路。后来，他们在监控录像中发现了“爆头男”在那条马路上行走的影像。很显然，“爆头男”当时就是在踩点，为抢劫做准备。也许是被害人张仁寿无意间看到了他的手枪，这才有了唯一一次不以侵财为目的的枪杀行动。实际上，他正在为抢劫做准备，没想到被害人提前闯进了他的视线，他才“不得不”杀人灭口。后来，过了不到两个月，在距离第一起枪击案的现场不到两公里的农业银行门口，“爆头男”制造了第二起枪击案。很显然，那一段时间，他是在芙蓉南路的立交桥附近寻找目标。一旦找到了合适的目标，他就会毫不犹豫地下手。

第七章　第一次看清那张脸

一

江州警方不仅成功地在帅帅网吧获取了两张“爆头男”的正面近照，而且根据“刘伟”上网的历史记录，发现了犯罪嫌疑人的兴趣爱好，真正走近了“爆头男”。

“爆头男”在江州待了四年，他是怎么打发时间的呢？他确实要作案，要踩点，但是不可能每天都干这些事情。

现在才发现，他在帅帅网吧上网！

网监支队的民警们认真查阅了他的上网记录，终于发现，他特别喜欢了解军事方面的知识，对枪支有着浓厚的兴趣，是典型的“枪支发烧友”。他喜欢看《轻兵器》之类的杂志，喜欢看警匪片。《沉默的羔羊》和《汉尼拔》这两部关于高智商变态杀人的影片，他反复观看了不下十遍。当然，他特别关注江州和渝都的情况，特别是警方侦破那几起枪击案的情况……

事实上，他已经在渝都作了三次案。

2004 年 4 月 22 日中午十一时五十二分，渝都某公司财务人员赵勇、刘晓伟从建设银行渝都江北区红五路分理处取出了七万元现金。从银行出来，走了不到十五米，他们就遭到了枪击。赵勇头部中弹，当场死亡。刘晓伟受伤，倒在了地上。“爆头男”捡起七万元现金，逃离了现场。

2005 年 5 月 16 日上午九时三十五分，渝都某物业公司财务人员郑桑和驾驶员邓龙在三峡广场的一个中国银行营业网点取了款。邓龙提着十七万元工资款行至青山坝区的汉渝路时，“爆头男”从后面开枪射击，邓龙和郑桑当场死亡。“爆头男”捡起十七万元现金，逃离了现场。

2009 年 3 月 19 日十九时四十二分，在渝都市高新区石桥铺的某驻渝部队营房里，“爆头男”蒙面开枪袭击，导致一名哨兵身亡。随后，他抢走了一把手枪，逃之夭夭。

这一系列案件的来龙去脉，他不会告诉任何人，除了黄桂花。黄桂花虽然已经跟他离婚了，但是仍然和他藕断丝连。在这个世界上，知道全部案情的只有两个人：他和黄桂花。

一天，他在网上看到了印着他照片的通缉令。在渝都，通缉令上全都是画像，而且画得不是很像。在江州，通缉令上也都是画像，画得也不是很像。最近，他发现江州的通缉令上有了他的照片。幸亏他早有准备，把一颗“黑痣”贴在了右侧眉毛的中间，伪装了一下。

不过，他仍然感到十分震惊——警察是怎么得到这张照片的？在帅帅网吧，他有意挪开了摄像头，怎么还是被照下来了？

有一段时间，他发现周围卖包子的人多了起来，买早点的人也多了起来。凭借多年的经验，他意识到，江州的警察已经盯上他了，此地不宜久留。

很快，他便悄悄地离开了这个地方。

那段时间，他给黄桂花打过电话，也给她汇过款。只不过，他的这些行动没有被警方发现。江州警方秘密询问了黄桂花，得知“爆头男”的隐蔽已经到了“炉火纯青”的地步。

他给前妻打电话的时候，从来不用手机，也不用座机，只用IC电话。他在河西上网，却跑到河东给前妻打电话，然后回到河西继续上网。这样一来，警察就很难摸清他的行踪了，黄桂花也不会被警方怀疑。他自认为做得天衣无缝，成功地摆脱了警方的监视。

在网吧，他既要喝水，又要吃饭、嗑瓜子，并且要不留痕迹。吃完瓜子，他会用纸把瓜子壳包好并带走。别人以为他是讲卫生，而实际上他是怕留下唾液的DNA样本，被警方查到。他会把矿泉水瓶子上的标签撕掉，以免警方通过瓶子上的标签找到他买矿泉水的地方。

他选择帅帅网吧，其实是有讲究的。这一带大学生和研究生多，网吧的生意很火爆。他天天戴着棒球帽，背着双肩背包，戴着墨镜，混入学生当中，没有人会注意他。到处都贴着印有他照片的通缉令，在其他地方很容易引起怀疑。隐藏在这里最安全，这里是最佳的藏身之地。

警方排查出租屋的时候，他一点儿也不担心。他没有固定的住所，长期住在郊外的坟山上，轻易不会被发现。

二

王斌是专案组的内勤，一直在参与系列持枪抢劫杀人案件的侦破工作。

他是一个善于观察和思考的年轻刑警，工作起来十分积极主动。除了做记录、写简报，他每天都在思考和分析“爆头男”。他不止一次地跑到帅帅网吧，坐在“爆头男”使用过的电脑旁，寻找“爆头男”留下的蛛丝马迹。这个时候，“爆头男”已经躲到别的地方去了。

前些日子，岳西公安机关接到报案，在帅帅网吧附近的天马山上发现了露营装备，还有一些矿泉水瓶。警方立即对天马山进行了封锁、搜查，发现有人在这里居住过。警方判断，这里就是“爆头男”曾经的栖身之地。

的确，“爆头男”在这里住过两年。每天晚上，他都睡在这座坟山上。第二天一大早，他就从山上下来，在附近买些早餐，躲在角落里吃。然后，他不是踩点就是上网，作了四次案。他在河东踩点和作案，在河西生活，总是神出鬼没。这样，警方无论怎样搜捕，都不会对他造成威胁。

前些日子，专案组的陈春林和王斌询问黄桂花的时候，黄桂花说出了“爆头男”的秘密。“爆头男”在江州逗留的时候，一直躲在天马山上。天马山上到处都是坟墓，平时极少有人上去。只有两种人例外，那就是盗墓贼和“爆头男”这样的逃犯。

“爆头男”告诉过黄桂花，离他栖身的地方不远，有一个

“江州王一号墓”。有好几个晚上，他都听到了盗墓的声音。他不想找麻烦，所以就没去打扰盗墓者。他静静地躺在帐篷里，听着外面的动静。只要那些人不靠近他，他就什么都不会做。

王斌浏览“爆头男”的上网记录时，发现了一个奇怪的现象。清明节前，“爆头男”特别关心江州的天气。开始，王斌以为“爆头男”要在清明前后出来作案。可是，清明节前后，江州并没有发生枪击案件。

王斌突然觉得，这件事情肯定与天马山有关。于是，他便叫来了岳西分局刑侦支队的两位刑警。这两位刑警虽然已经离开了刑侦支队，但是非常了解天马山的情况。当时，在天马山上进行搜查的时候，这两位刑警都在场。

王斌和两位同行再次来到坟山的时候，花篮、纸钱和香烛都不见了。王斌恍然大悟，“爆头男”关心清明节前后的天气，是担心自己暴露。这个地方，一年四季都很少有人来。唯独清明节这几天，人们会到这里来扫墓、祭拜。这个时候，天马山上最热闹。如果天气好，他就不能躲在帐篷里，以免被发现。要是下雨了，他晚上或许还能回到这座山上。这说明，“爆头男”清明节前就住在这座山上。

这是一个重大的发现。要是清明节前有了这个发现，“爆头男”就在江州落网了，只可惜晚了一步。王斌他们重返天马山的时候，“6·28”案件已经发生了。

此时，侦查员在麓山南路附近的天马山上发现了犯罪嫌疑人丢弃的帐篷和生活垃圾。很显然，在这两年多的时间里，犯罪嫌疑人就住在这座山上。

在城南边的一座坟山上，警方也发现了露宿的痕迹，和天马山上如出一辙。那里是不是“爆头男”的另一个藏身之处，警方还不能确定。

也许，警察早来几天，这座山上就会发生一场枪战。

有一点是可以肯定的，江州已经没有他的立足之地了。通缉令上的照片，即使有伪装的成分，也是清晰可辨的。他走路时双脚“外八字”，右腿的速度永远比左腿快 0.02 秒，并且双肩摇晃。这些特征，江州的警察早已烂熟于心。

一夜之间，在他经常活动的地方，多了很多摆摊的人，有卖包子的，有卖槟榔的，有卖香烟和瓜子的。他有了一种不祥的预感，知道自己已经被江州的警察盯上了。6 月 28 日，他在桂花坪黑梨路作案时，没有搞到钱。他听说，那个男人没有死……

犯罪嫌疑人十分狡猾，一发现警察跟踪他，就悄悄地离开了江州。

他去了哪里？还会不会作案？

三

江州南郊公园枪击案已经过去了八个年头。

这一年的 1 月 6 日上午九点五十分，南京市下关区的一家农业银行门口，发生了一起持枪抢劫案。一名男子持枪打死某公司的提款人，抢走了二十万元现金。

经初步调查，被抢的男子名叫“程晓红”，南京市江宁区人，四十二岁，供职于南京某建材公司。当日上午，程晓红从银行取款后，遭持枪的犯罪嫌疑人袭击，头部中弹身亡。

“爆头男”惊现于南京！

有目击者称，案发后，一名疑似犯罪嫌疑人的男子乘坐牌照为“苏A56428”的大客车逃走了。南京警方组织警力，立即进行拦截。1月6日上午十一点，牌照为“苏A56428”的大客车通过南京长江二桥收费站时，被设卡的民警截停。民警以检查违禁品为由，将乘客疏散到了停车场的一角。

与此同时，大批荷枪实弹的特警赶到停车场，在乘客疏散区拉起了警戒线。警方对车上的乘客一一进行核查之后，没有发现可疑人员。十一点五十分左右，这辆车被放行了。

案件发生后，南京警方迅速调集警力，在案发现场进行勘查、盘查和堵截。十分钟后，一架正在训练的警务直升机立即前来支援。

据警方通报，犯罪嫌疑人的特征为：四十岁左右，男性，身高一米七至一米八，中等身材，皮肤较黑，走路“外八字”，穿深色上衣，讲不标准的普通话。通报称，南京持枪抢劫案与江州市“2011·6·28”持枪抢劫案、“2010·10·25”持枪抢劫杀人案、“2009·12·4”持枪抢劫杀人案、“2009·10·14”持枪杀人案和渝都市“2004·4·22”持枪抢劫杀人案、“2005·5·16”持枪抢劫杀人案，系同一人所为，并案侦查。

南京警方加大了搜查力度，继续对流动人口密集的出租屋进行排查。在辖区内的网吧、KTV、旅馆等场所，排查工作已经进行到了第二轮。他们进一步加强了路面巡查，加大了对桥洞、隧道和无人居住的临时建筑物的排查力度。对说话带有四川口音的人进行询问，是排查工作的重中之重。

1月8日，枪击案的“黄金四十八小时”过去之后，在距离南京七十八公里的安徽省马鞍山市，警方针对这一系列案件召开了会议，在全城发布搜捕公告。

一直坚守在江州的李忠诚和几位枪弹专家以最快的速度赶往南京。随后，江州专案组的成员陈春林率领王斌等人赶往南京，参与案件的侦破工作。

1月13日，南京的一位市民在乱坟堆里发现了“爆头男”的睡袋。第二天，因为颇感蹊跷，这位市民带人前去查看，发现了“爆头男”读的《轻兵器》《参考消息》等报刊，以及矿泉水、双肩背包等物品，并立即报警。

接到报警后，南京警方派出全副武装的民警，封山搜查。从1月16日早上六点开始，在栖霞区兴卫村兴卫老山附近，大批持枪武警和特警带着警犬从南北两面上山，展开了地毯式的搜索，发现了犯罪嫌疑人扔掉的超市购物袋和购物小票。随后，通过超市的监控录像资料，警方获取了“爆头男”的正面影像。

这一次搜山，最大的收获就是发现了犯罪嫌疑人的生活物品和排泄物。警方立即派人做了DNA检测，证明这些排泄物就是犯罪嫌疑人留下的。

又是一个重大突破！

虽然警方还没有弄清犯罪嫌疑人是何许人也，但是已经有了他的照片和DNA检测结果。应该说，离真正的破案只有一步之遥了。

渝都市公安局主管刑侦的副局长王维连晚饭都没吃，立即赶回渝都，全面部署侦破工作。

四

渝都警方加大了侦查力度，很快就获取了一段重要视频。这一年春节，“爆头男”出现在了渝都市江北区的观音桥附近。他在“运动城”买了一个帐篷和一套冲锋衣，显然是在为上山做准备。

他要去哪里？

渝都警方立即进行视频追踪，调取相关的监控录像进行甄别，终于发现了“爆头男”的踪迹。他出现在了长途汽车站，坐上了前往华阴的长途汽车。

李忠诚立即率领专案组的成员赶往华阴，追捕“爆头男”。

李忠诚向渝都、江州公安机关的负责同志提出了要求：前往华阴追捕犯罪嫌疑人的民警，既要熟悉案情，又要枪法一流，还要善于奔跑。

最终，陈春林和王斌榜上有名。陈春林有“神枪手”之称，枪法在江州市公安局排第一。王斌的枪法仅次于陈春林，在江州市公安局排第二。黄晓宇是从部队转业到渝都市公安局的，枪法不错，身体素质也很好。

春节过后，华阴的天气依然非常寒冷。到达华阴之后，李忠诚以最快的速度进行了部署。“爆头男”很有可能躲藏在华阴山上的坟地里，这是他的一贯风格。

于是，警方调来了大批武警，在华阴山上进行地毯式搜索。

山上十分寒冷，他们搜索了几天，没有发现“爆头男”的踪影。

陈春林琢磨了一下，这么冷的天，“爆头男”在山上能受得了吗？

陈春林对李忠诚说出了自己的想法。像陈春林这样身体微胖的人都冷得发抖，就更不要说中等身材的“爆头男”了。陈春林觉得，有必要改变一下策略，将地毯式搜索改为重点守候。

一般情况下，村子里来了外人，是很容易被发现的。村子里人不多，来了陌生人，很快就会引起关注，还会有热心人帮忙带路。这里的群众基础很好，只要有了通缉令，村里人就会全力以赴地帮忙查找。只要“爆头男”到了华阴山，就有去无回。

陈春林建议，留下二三十个人守住华阴山的出入口和小卖部。

就这样，他们重点守候了半个月，始终没有发现目标。

五

渝都警方将印有“爆头男”照片的通缉令张贴出来，“爆头男”的照片第一次出现在了他的家乡。

村民们都觉得“爆头男”有点儿像周长龙，却不能肯定。通缉令上的照片不是很清晰，脸有些变形。而且，照片上的“爆头男”右侧眉毛中间有一颗直径大约两毫米的圆形黑痣。因此，当地群众向公安机关报告时，说这个人很像江湾县东江镇云州村的村民周长龙，但是不敢肯定。

此人到底是不是系列持枪抢劫杀人案的真凶呢？

南京警方在郊外的坟山上找到了一堆“爆头男”的排泄物，获取了犯罪嫌疑人的 DNA 样本。市公安局立即派人去周长龙家提取了相关亲属的 DNA 样本。

就在这时，江州市公安局对此案的侦破工作有了重大突破……

第八章　线索就在小说里

一

从怀疑周长龙是江州系列持枪抢劫杀人案的真凶那天起，谢永福就再也没有给周长龙送过书籍，也没有按照周长龙的要求去写陈春林的破案故事。他知道，周长龙是想通过他对陈春林的采访，刺探江州警方的破案进程和侦破手段。从那时起，谢永福就下定了决心，再也不和周长龙同流合污了。

他开始默默地创作长篇小说《真相》，把周长龙作案的情况写到了书里，唯独没写三岔口陈记旅店的那起案子。

写完之后，他就打电话给陈春林，请陈春林指导一下。

陈春林实在没有时间看小说，出于礼貌才勉强答应了。三天后，陈春林收到了谢永福的书稿。

陈春林把书稿放到办公桌上，就去办其他事情了。

没过多久，谢永福就打来了电话，问书稿收到了没有。陈春林说，书稿收到了，一定会好好拜读。

谢永福请陈春林马上看一看，说不定对破案有帮助。

陈春林一听，对破案有帮助，虽然半信半疑，但还是答应了。

这天晚上，陈春林正好值班，睡在办公室。他拿起谢永福的长篇小说，翻了翻。

书稿的主人公是一个名叫周长龙的人，从小就酷爱枪支。他的枪法很准，百发百中，弹无虚发。他曾经跑到中缅边境去购买枪支，被铁路警察抓到了，判了三年刑。刑满释放后，他继续玩枪，在江州南郊公园试枪时，打死了一个叫张仁寿的游客。几个月之后，他在某银行门前持枪抢劫杀人……

陈春林一看，立马就来了兴趣。

这不就是他们正在侦办的系列持枪抢劫杀人案件吗？

从江州到渝都，再到南京，发生了一系列持枪抢劫杀人案件，作案者是同一个人。

难道这个人就是谢永福笔下的周长龙？

谢永福与周长龙都是渝都市江湾县人，在同一个村。根据谢永福的描述，这个人很可能就是那个“爆头男”。

谢永福认为，江州市公安局最新发布的通缉令上，犯罪嫌疑人右侧眉毛中间的那颗直径大约两毫米的圆形黑痣是假的。犯罪嫌疑人为了躲避警方的追捕，故意粘上了这颗黑痣。

这是真的吗？

谢永福写得这么逼真，很难让人有所怀疑。难怪通缉令发布了那么长时间，警方都没有获得有价值的线索。通缉令照片上的那颗黑痣，成功地迷惑了打算前来举报的群众，让他们既怀疑，又拿不准。

如果谢永福写的是真的，那就对警方侦破案件太有利了！

周长龙到底是不是警察苦苦寻觅的犯罪嫌疑人呢?

只有去问谢永福，才能弄清书里写的是真是假。

凌晨一点，陈春林给谢永福打了个电话。

谢永福并没有睡，好像在等这个电话。

“小说嘛，来源于生活，高于生活。怎么，看完了?”谢永福并没有急于回答陈春林的问题，而是调侃起来。

“快说，有几分真实？你是怎么知道那些事情的?”陈春林急于了解情况。

“真想知道?”谢永福不紧不慢地说。

“别卖关子!”陈春林更着急了。

“想知道，就得答应我一个条件。”谢永福说。

“什么条件？快说!”陈春林有些不耐烦。

“替我保密!”谢永福说。

“为什么?”陈春林说。

“不为什么！按照我说的做就行!”谢永福说。

陈春林犹豫了片刻，说：“行，我答应你!”

谢永福说：“书里写的都是真的！你们要找的持枪抢劫杀人犯不是别人，正是我们村的周长龙!”

陈春林说了一声“谢谢”，便挂断了电话。

他没时间跟老同学闲聊，必须赶紧行动。

当晚，陈春林就进行了部署。他决定，兵分两路：一个行动组前往周长龙的老家，由陈春林带队；另一个行动组前往昆明铁路监狱。

立即出发!

周长龙有枪，而且枪法非常准，很难对付。陈春林调来了支队的特别行动队，并且请求特警队支援，迅速赶往渝都市江湾县。

很快，陈春林和他的队友们便到达了江湾县。快到东江镇的时候，陈春林拨通了李忠诚的电话，把事情的经过向李忠诚进行了汇报。

李忠诚马上进行了部署，协调当地公安机关支援这次行动。

陈春林他们赶到东江镇派出所的时候，派出所的民警们正在集结。两支队伍合二为一，几乎没有停顿，在天亮之前包围了周长龙的家。

陈春林第一个冲了进去，发现屋里只有周长龙的前妻和儿子。一问才知道，周长龙已经很多年没有回家看儿子了。

然而，警方这次行动并非一无所获。渝都警方提取了周长龙的父亲、母亲和儿子的 DNA 生物检材。

周长龙在南京作案的时候，在山里拉了一堆大便，给警方留下了线索。警方将周长龙父亲、母亲、儿子的生物检材与犯罪嫌疑人的 DNA 样本进行了比对，结果高度同源。这就从生物学的角度证实了那个多次作案的犯罪嫌疑人正是周长龙。

另一个行动组在昆明铁路监狱查到了周长龙的资料。十八年前，周长龙的确在这个监狱服过三年刑。

随后，江州警方发布了最新的通缉令："中南系列持枪抢劫杀人案的凶手身份已经查明。案犯系周长龙，男，1970 年 2 月 6 日出生，汉族，初中文化，渝都市江湾县东江镇云州村人。身高 1.67 米，中等偏瘦身材，肤色较黑。长方脸，眉毛较浓，双眼皮。左耳郭后有一颗约 1 毫米×1 毫米的黑痣，右上唇有一块约 5 毫米×2 毫米的泛白胎记。操渝都口音或带渝都口音的不标准普通话，会驾驶汽车。此前，他在南京、江州、渝都等地多次作案，致多人死伤。抢劫巨额现金……”

犯罪嫌疑人右侧眉毛中间的那颗直径大约两毫米的圆形黑痣不见了，因为那是周长龙为了躲避警方的追捕伪造的。

案件的侦破有了重大突破！

二

在周长龙曾经服刑的地方，江州警方不仅获取了他的正面照片，而且获取了他的指纹。这个指纹很普通，没有在任何持枪抢劫杀人案件中出现过。周长龙十分狡猾，无论在江州的坟山上、帅帅网吧，还是在南京的山里，都没有留下自己的指纹。

然而，周长龙偏偏遇到了一个较真的警察。陈春林看到从昆明铁路监狱拿到的那枚指纹之后，就一直在琢磨。坦率地说，他对这枚指纹有一种似曾相识的感觉。

是不是在哪里见过？他一时想不起来。

于是，他端详起那枚指纹来。纹路的走向、分布规律，还有间距、粗细……

看着看着，他突然想起了什么。

当初，陈春林给江州的侦查员讲解过怎样辨认指纹。江州的民警拿着他讲课时用的那枚指纹到附近的监狱、看守所和拘留所进行了比对，都没有成功。但是，他们唯独没有去昆明铁路监狱。

一晃，快二十年了。虽然记忆有些模糊，但是陈春林觉得在哪里见过这枚指纹。

对，就是当年在三岔口镇的陈记旅店发现的指纹！

为此，他怀疑过自己的同学谢永福。可是，他把谢永福的指纹与陈记旅店案发现场的指纹进行了比对，结果根本对不上。想起这件事情，陈春林的心里十分内疚。就因为谢永福的那颗虎牙，他竟然一而再、再而三地怀疑自己的同班同学。

同时，陈春林对谢永福心存感激。多亏了谢永福，把最重要的信息第一时间告诉了他。陈春林知道，谢永福之所以要把重要的信息告诉他，是希望他在侦破案件时立功。现在，凶手还没有抓到，他必须集中精力侦破案件。

陈春林越看越觉得，这枚指纹与从陈记旅店案发现场提取的指纹十分相似。

立即比对！

不比不知道，一比吓一跳！

这枚指纹与从三岔口陈记旅店案发现场提取的指纹完全吻合！

周长龙就是真凶之一！

从留下指纹的时间看，周长龙和同伴在三岔口陈记旅店作案时留下指纹在先，周长龙在昆明铁路监狱服刑时留下指纹在后。所以，即使当初民警到昆明铁路监狱去比对指纹，也无法发现周长龙这个人，因为那个时候周长龙还没有被抓。

这时，陈春林又想起了三岔口陈记旅店的那起案件。

周长龙已经露出了马脚，那么另一个人呢？

他在哪儿？

他是谁？

就在陈春林感到疑惑的时候，一个熟悉的电话号码出现在了陈春林的手机上。他的老同学谢永福在电话里告诉他，周长龙的父亲死了。

根据周长龙的性格判断，他一定会回老家跟父亲的遗体告别。

或许，这是抓捕周长龙的最佳时机……

陈春林立即制订了一个近乎完美的抓捕计划，得到了上级领导的肯定。

下一步，陈春林将带领抓捕小组，再度前往周长龙的老家江湾县东江镇云州村……

三

尽管周长龙一家在当地很少与人来往，但是同村的老人死了，还是要热热闹闹地送上山的。所谓"人死饭甑开，不请自己来"，说的就是这个意思。条件好的，天天开流水席，几十上百桌不等。条件不好的，也要想尽办法摆上十桌八桌。

周长龙的父亲快要断气的时候，谢永福来到了周长龙父母住的地方。最近一段时间，谢永福常去周长龙家。一方面，他是去看望周长龙的父母。另一方面，他在关注一件事，那就是周长龙有没有回来。一句话，他是盯上周长龙家了。

周长龙的父亲生病了，谢永福把老人送到了医院。老人是癌症晚期，非要出院不可，谢永福就把他接了回来。老人奄奄一息时，谢永福赶紧打电话给周长龙的前妻黄桂花，让她赶紧带着孩子过来，见老人最后一面。黄桂花和儿子住在镇上，离云州村有九公里的路程。黄桂花带着儿子回到云州村时，老人已经去世了。

周长龙的父亲去世后，周家就没有管事的人了。周长龙有两个姐姐，早就出嫁了。黄桂花和周长龙已经离婚了，他们的儿子判给了黄桂花。表面上，两位老人是孤寡老人。实际上，黄桂花一直在照顾周长龙的父母。

现在，周长龙的父亲去世了，周长龙的母亲和黄桂花便请谢永福来帮忙料理丧事。对她们来说，除了谢永福，就没有什么人可以托付了。警方确认周长龙是系列持枪抢劫杀人案的凶手之后，村里就很少有人跟周家来往了。

谢永福是著名作家，在云州村算是个大人物了。他一出面，人家就不好再说什么了。老人断气之后，谢永福第一时间给陈春林打了电话。

劣迹斑斑的在逃杀人犯的父亲死了，警方不会无动于衷。当地派出所马上派便衣警察盯紧了周家……

陈春林接到谢永福的电话之后，只带了两个人前往江湾县云州村：一个是支队的神枪手王斌，另一个是法医柳青。他们都是外地人，既不是周家的亲戚，也不是周家的朋友、熟人。村里来了几个外人，很容易引起怀疑。谢永福作为周家丧事的主要负责人，让陈春林化装成地道的农民，在锣鼓班子里敲锣。王斌和柳青化装成采购人员，隔三岔五地往周家送些物资。

民警们化装进村，是为了制造一种“警察并没有关注周家的丧事”的假象，防止周长龙再次逃脱。

无形的大网已经张开，只等周长龙落入其中。

民警们在周家蹲守了三天，没有发现周长龙的踪影。谢永福马上就泄气了，悄悄地对陈春林说，周长龙应该不会来了。也许，他根本就不知道他父亲去世了。

陈春林认为，应该再等等。按照乡下的规矩，不把亡者送上山，丧期就不算结束。第二天，周长龙的父亲就要被送上山了，也许当晚周长龙就会回来。

结果，陈春林真的猜中了。当天晚上，周长龙真的回来了。他的行踪非常隐秘，连警察都没有发现。

后来，人们才知道，周长龙居然大摇大摆地回来了。他在父亲的灵位前磕了三个响头，便离开了周家。整个过程，居然没有一个人发现，包括陈春林。

这就奇怪了！到底是怎么回事？

原来，周长龙是一个伪装的高手，把自己做了“特殊处理”。

吊丧的三天里，陈春林都在乐队敲锣。他的动作非常熟练，完全看不出是一个外行。敲锣的时候，他总是注意观察，等待着周长龙的到来。

天快黑了，来周家吊唁的人越来越多。根据当地的习俗，本生产队的所有人都要在丧家吃晚饭。这天晚上，周家居然办了二十桌酒席。

大家喝酒吃肉的时候，周长龙的表弟金蛋来到了周家。当年，周长龙的姨妈生下了双胞胎，一个叫金蛋，一个叫银蛋，年龄跟周长龙相仿，个子也跟周长龙差不多。小时候，金蛋和银蛋经常去云州村玩，与周长龙和谢永福是“玩伴”。金蛋一进门，谢永福就把他引入了灵堂。

金蛋走进灵堂，四处看看，大多数都是他熟悉的面孔，但是没人跟他打招呼。除了周长龙的母亲和黄桂花，没有人认识他。

金蛋在周长龙父亲的灵位前跪下，一哭三拜：“姨爹！侄儿回来晚了！”

金蛋走进灵堂的时候，陈春林看了他一眼，没发现什么破绽。

陈春林、谢永福、王斌和柳青之间通过耳麦互相联系，非常隐蔽。谢永福会通过耳麦向他们介绍每一个进来的人，包括这个人叫什么，跟周长龙有什么关系。

金蛋进来的时候，谢永福马上就介绍说，此人是周长龙的表弟，大家就没有太在意。

金蛋悲痛至极，虔诚地跪在老人的遗像前掉泪。他向跪在旁边的黄桂花和儿子点了点头，故意露出了手臂上的一小块疤痕，小声说：“别声张，是我！”

黄桂花一下就警觉起来，捂住了嘴巴，没敢出声。

这块疤痕只有黄桂花知道，连周长龙的儿子都不知道。这块疤痕是周长龙当年出车祸时留下的，不是特别明显。黄桂花一看就明白了，这个“金蛋”就是她的丈夫周长龙。她不敢声张，很快就控制住了自己的情绪。

周围都是便衣警察，黄桂花只好向周长龙使了个眼色，意思是：有警察，快走！

金蛋又磕了三个响头，就起身走了，黄桂花紧随其后。

一切都是那么自然，没有引起任何人的怀疑。

这时，隐藏在乐队里的陈春林向金蛋的背影看去，突然看出了破绽。

这不是周长龙吗？

周长龙走路的样子已经深深地刻在了陈春林的脑子里——走路“外八字”，晃肩。

没错，就是他！

陈春林立即追了上去。

陈春林刚跨出两步，就撞上了端着茶杯走进来的黄桂花。为了掩护周长龙，黄桂花特意端来了一杯热茶。她认出了到他们家去过的陈春林，趁机把滚烫的茶水泼到了陈春林身上，假装说：“对不起！对不起！”

陈春林连忙说：“没关系！”

陈春林想继续追赶周长龙，可是黄桂花却十分“较真”，要替陈春林擦拭身上的茶水，还要帮他洗衣服。

陈春林顾不了那么多了，推开黄桂花，急匆匆地走了出去。

陈春林一边往外走，一边通过耳麦发出了信号：“快，抓住刚才出去的那个穿黑衣服的男人！他不是金蛋，是周长龙！”

四个人几乎同时往外跑，可是周长龙早已消失得无影无踪了。

陈春林马上打电话给东江镇派出所所长，请他派人帮着围堵周长龙。

就在这时，他发现金蛋跑了回来。

陈春林赶紧对派出所所长说：“他回来了！就是金蛋……赶紧到灵堂这边来！”

陈春林挂断了电话，小声对其他民警和谢永福说：“注意，他来了！听我指挥！”

几个人像没事一样，站在灵堂外面。

谢永福说：“哎哟，老表，你去哪儿了？我还以为你走了呢！”

“放心吧，谢大作家，今晚我要为我姨爹守灵……”周长龙的表弟说道。

就在周长龙的表弟和谢永福说话的时候，陈春林和王斌来到了周长龙的表弟身后。

陈春林突然掏出手枪，顶住了周长龙表弟的腰部，小声说：“别动，警察！跟我们走一趟！”

周长龙的表弟惊恐地说：“怎么……”

王斌亮出了工作证，说：“什么也别说，跟我们走！”

这时，派出所所长开车过来了，几个人把周长龙的表弟带上了车。

到了派出所，陈春林对周长龙的表弟进行了简单的询问：“叫什么名字？”

“胡金蛋。”

“住在哪儿？”

“西望乡白马镇。”

“出示身份证！”

金蛋拿出自己的身份证，递给了陈春林。

陈春林看了看身份证，突然想起了什么，说道：“你走几步给我看看！”

金蛋在办公室里走了几步。陈春林仔细地观察了一阵儿，发现这个人走路的姿势根本不像刚才的那个金蛋。

怎么会这样？

“你刚才去哪儿了？”陈春林问。

“哪儿也没去！我从家里出来，到我姨爹家去吃肉……还没进屋，就被你们……”周长龙的表弟说。

这时，柳青拿着一张纸走进来，让周长龙的表弟按了手印。陈春林看了看周长龙表弟的指纹，和周长龙的指纹对不上。

难道是弄错了？

莫非眼前的这个人才是周长龙的表弟金蛋，刚才逃跑的那个人是伪装成金蛋的周长龙？

“刚才逃跑的那个人会不会是金蛋的弟弟——银蛋？”派出所所长说。

不排除这种可能性！

金蛋和银蛋是双胞胎，长得非常像。

“赶紧核实！如果刚才那个人是银蛋，那就是我看错了。如果那个人不是银蛋，那就只有一种可能——那个人真的是周长龙！”陈春林说。

当晚，警方对银蛋进行了调查。

半个小时后，调查结果出来了。银蛋在深圳打工，根本没有回来。银蛋的老婆早就到了，现在还在灵堂。

很显然，周长龙化装成了自己的表弟，在父亲灵前磕了头，然后悄悄地离开了……

周长龙跑了！

陈春林百思不得其解，周长龙是怎么变成金蛋的？难道他会易容术？

四

周长龙实在是太狡猾了，没有人能想到他会易容。他换了一副面孔，居然从陈春林的眼皮底下一晃而过。陈春林发现他的时候，一切都已经晚了。

陈春林跟江湾县公安局的同志沟通之后，两手空空地回到了江州。

抓捕周长龙的工作还在继续，警方在寻找有价值的线索。短时间内，周长龙是不会回家的。周长龙最新的落脚点，警方还没有发现。

回到江州之后，正值清明节，陈春林来到了老莫的坟前。他想给老爷子上一炷香，跟老爷子“唠叨唠叨”。

陈春林永远不会忘记老爷子临终前的嘱托：“‘11·30’案件，我是破不了了。以后，就全靠你了。四条人命啊！你千万不要放弃!”

二十年过去了，犯罪嫌疑人周长龙还没有落网。那么，另一名犯罪嫌疑人是谁呢?

陈春林站在老爷子的墓前发呆，又在琢磨那个案子。

二十年前留在三岔口陈记旅店犯罪现场的真正有价值的痕迹物证不多。指纹已经派上了用场，证实了其中一个犯罪嫌疑人就是周长龙。

那么，当年的犯罪现场还有什么有价值的痕迹物证呢?

陈春林再次想起了那三个“山城”牌香烟的烟头。当初，技术还没有那么先进，无法在烟头上提取 DNA 生物检材，进行 DNA 比对。

现在，科学技术进步了，为什么不能借助现代科技破案呢？

陈春林眼前一亮，仿佛看到了曙光！

他立即跑回支队，向支队长提出了将“三岔口血案”现场的生物检材进行 DNA 比对的建议。

“好！非常好！运用 DNA 技术！”赵宝康支队长表示赞同。

随后，刑侦支队向市公安局打报告，很快就得到了领导的重视。这一年的 6 月，江州警方抽调了一批刑侦技术人员和专家，组成了专案组，下设重要线索查证组、物证搜集检验组、大数据后台支援组、重点地区调查组等，由陈春林负责。

江州市公安局新的领导班子上任之后，下达了“一任接着一任干，尽最大努力抓逃犯、破积案”的命令。与此同时，应用于刑侦领域的 Y-DNA 染色体检验技术日趋成熟。在这种情况下，江州警方如果能从二十年前的那三个“山城”牌香烟的烟头上提取 DNA 生物检材，就会对破案有很大帮助。

可是，二十年过去了，有可能因为烟头严重降解而无法提取 DNA 生物检材。当年，所有的物证都放在了一起，有可能出现相互污染的情况。好在当年一直关注这几个烟蒂的陈春林对烟蒂采取了最原始的保护方法，把这些烟蒂用纸隔开，去除了潮气，使烟蒂始终处于一种比较干燥的状态。

于是，刑侦技术人员成功地从中提取了犯罪嫌疑人的唾液。唾液中的上皮细胞含有人体的 DNA，通过“DNA 家系比对”的方法就能找到犯罪嫌疑人。

专案组先后赶赴江、浙、沪、皖、渝等地搜集证据，同时动员群众积极提供线索，寻找破案的突破口。

通过比对，警方发现从烟蒂上的残留唾液中提取的DNA生物检材与渝都市江湾县谢氏家族的DNA样本十分相似。

警方立即派人去江湾县，化装成科研人员，以“调查谢氏家族的迁徙及当地的卫生状况”为由，一个镇一个镇地进行排查。

最终，警方锁定了江湾县东江镇的谢氏家族。

江湾县的谢氏家族会不会与谢永福有关？

陈春林感到十分惊讶。

陈春林怀疑自己的同学谢永福，不仅仅因为那颗虎牙，还因为谢永福对这起案件十分关注，并写下了长篇小说《真相》。他把周长龙作案的细节写了下来，十分值得怀疑。

周长龙性格孤僻，极少与人交往，谢永福为什么那么了解他？为什么把他写进了小说？

刑侦技术人员刚一确定DNA的家族比对范围，陈春林便对谢永福举报的动机产生了怀疑。

“谢永福会不会以此来掩盖自己的犯罪行为？”陈春林突然有了这个想法。

陈春林不敢相信，也不愿意相信自己的同学与那起案件有关。可是，DNA的家系比对竟然指向了江湾县的谢氏家族。

怎么会有这样的巧合？

不想怀疑，又不得不怀疑，陈春林心里十分矛盾。

专案组的刑侦技术人员把侦查范围锁定在东江镇云州村时，陈春林感到十分不可思议。难道发生在千里之外的三岔口陈记旅店的惊天惨案真的跟谢永福有关？难道他以前对谢永福的怀疑是对的？

侦破周长龙系列持枪抢劫杀人案件的时候，谢永福对陈春林的帮助实在是太大了。关键时刻，谢永福传递给了他可靠的信息，以小说的形式举报了周长龙，说出了那个悍匪的真实姓名和真实身份，以及外貌特征。他这么做，不是有出卖自己的危险吗？

陈春林没有跟随专业团队前往云州村，他决定暂时不和谢永福打照面，在村外等待。陈春林叮嘱他们，要注意隐蔽。

在江湾县公安局的配合下，刑侦技术人员找到了谢永福，顺利地抽取了他的血样。

刑侦技术人员出村之后，陈春林问王斌：“谢永福的表现怎么样？”

“他非常平静，一点儿也不紧张。”王斌回答。

“配合吗？”

“非常配合。”

“你对他的印象怎么样？他像不像那个凶手？”陈春林问。

“一点儿也不像。我认为，犯罪嫌疑人无论如何都不可能是一位著名作家。”王斌发自内心地说。

“只有等待DNA家系比对的结果了！”陈春林说。

专案组的刑侦技术人员提取了全村谢氏家族成员的血样之后，便赶往渝都市，在刑侦总队的DNA技术中心进行比对。侦查员们与江湾县公安局的同志们一道，在东江镇派出所待命。云州村谢氏家族的所有成员都在家等待比对结果，暂时不得外出。包括谢永福在内的十几个重点怀疑对象，已经被警方暗中控制了。

比对结果出来之前，陈春林决定找谢永福谈一谈，劝他自首。

这天下午，陈春林给谢永福打了一个电话，约他到镇上的饭店吃饭。

谢永福如约而至，在饭店里和陈春林见了面。

“最近怎么样?”两个人寒暄之后，陈春林问。

“不好。”谢永福摇了摇头。

“怎么回事?”陈春林问。

“老同学，你不来找我，我也会去找你。有些事情该结束了!”谢永福说。

“你……”陈春林不知道说什么好。他怀疑谢永福，但是不能确认谢永福与案件有关。

“我就是你们要找的人！我要自首！陈记旅店的案子，我是凶手之一!”谢永福十分冷静地说。

“什么？陈记旅店的那起案件真的是你和周长龙干的?”陈春林问。

“没错。我现在正式向公安机关自首，今天的饭就不吃了吧!”谢永福说。

听谢永福这么一说，陈春林如释重负。

看来，这顿饭真的没法儿吃了。陈春林本想劝谢永福自首，没想到被谢永福抢了先。

当天，陈春林就把谢永福从云州村带走了，并未惊动任何人……

五

据谢永福交代，他与周长龙住在同一个村子，关系很好。周长龙从小受歧视，只有谢永福对他不错。

那年秋收后，谢永福在周长龙家一边写作，一边唉声叹气。

周长龙问：“怎么了？为什么唉声叹气?”

“我女儿做眼睛手术，失败了，需要钱……我自己出去打工，被人偷了。我手上真的没钱了!”谢永福说。

“需要多少钱?”周长龙问。

“要是能搞到一两万块钱，就能解决问题了。”谢永福说。

“没事，咱们一起想办法。”周长龙安慰谢永福。

当时，周长龙正在江州市仁安县的三岔口镇打工，对那里的情况比较熟悉。这一次，他本来是回来秋收的，得知谢永福缺钱花，便想到三岔口去搞钱。

于是，两个人便商量好了，要去三岔口抢劫。

谢永福找“老表”帮忙，请铁匠打制了一把匕首，还用充电器做了一个假炸弹。

谢永福胆子小，不敢拿刀子，更不敢拿炸药，只好两手空空地跟着周长龙来到了千里之外的三岔口镇。

谢永福和周长龙以旅客的身份入住了位于晟舍新街的陈记旅店，伺机寻找作案对象，并购买了一把榔头和一卷尼龙绳。

很快，与他们同住一个房间的山东商人于登峰便成了他们的作案目标。

“他做生意，又穿着西服，我们就以为他很有钱。”谢永福说，“我们想偷他的钱，没想到被他发现了。我们用榔头猛击他的头部，把他打死了。随后，我们拿走了他内裤里的两千六百多元现金。”

因所劫钱财较少，两个人便打起了老板的主意。他们以退房结账为由，将旅店的陈老板骗至房内，绑住了他的手，塞住了他的嘴，劫得金戒指一枚。随后，周长龙用榔头猛击陈老板的头部，致其死亡。

为了进一步劫财，他们以同样的方式将旅店的老板娘钱莹和陈老板夫妇年仅十二岁的孙子杀害了。随即，两个人在房间里大肆翻找，搜得一百多元现金。经法医鉴定，四名受害人均被钝器击打头部致死。

作案后，两个人在大厅里坐了一会儿，一边抽烟、喝水，一边分赃。他们每个人分得一千三百多元现金，周长龙主动将那枚戒指让给了谢永福。半个小时之后，两个人从旅店的后门逃离，从此“人间蒸发”……

据谢永福交代，那次作案后不久，两个人见过一次面。谢永福特意跟周长龙说，当时他们在旅店里抽过烟，喝过水，很有可能被查出来。于是，两个人相约，如果他们两个人中的一个人被抓了，就由那个人承担全部罪责，另一个人负责抚养双方的孩子。后来，周长龙在昆明因非法持有枪支弹药被抓，被判了三年刑。周长龙从被抓到出狱，都没有说出那起案件的经过。

三个月前，谢永福在电视上看到了一则新闻，百灵市连环杀人案告破。发生在三十年前的案件，通过 DNA 比对成功告破。谢永福感到，自己的末日就要到了。

化装成科研人员的刑侦技术人员到他家提取血样的时候，他感觉那件事情快要瞒不住了。于是，刑侦技术人员走后，他便躲在房间里给妻子写了一封信，交代了他二十年前犯下的命案。二十年来，他遭受了不少精神折磨，现在终于解脱了。

谢永福写完信，就接到了陈春林的电话。他估计老同学已经知道了他的事情，便主动交代了自己的罪行。

陈春林问谢永福：“你把小说《真相》交给我的时候，为什么没有说出三岔口陈记旅店的那起惨案?”

谢永福告诉陈春林，周长龙作恶多端，他不希望周长龙继续危害社会。虽然他们是同案犯，但是他对周长龙的行为并不认可。他想举报周长龙，又想保全自己，所以在《真相》里只说了周长龙持枪抢劫杀人案件，对陈记旅店的惨案只字未提。他这样做，是为了终止周长龙犯罪，同时隐瞒自己的罪行。他没有想到，江州的警察最终还是通过DNA找到了他。DNA检测的结果很快就要出来了，他意识到，他很快就要被抓了。现在不去自首，以后就再也没有机会了……

谢永福说：“我现在非常后悔！二十年来，我每天都在自责、忏悔，备受煎熬。有好几次，我想在父亲的墓碑前自杀……我带了匕首，带了老鼠药，却被妻子发现了。想一想我那未成年的孩子，我最终还是没有勇气自杀。我在痛苦中苟且偷生，感觉生不如死!”

两天后，检验结果出来了，谢永福的DNA与二十年前三岔口镇陈记旅店案发现场烟蒂上的残留唾液相吻合。至此，三岔口陈记旅店惨案成功告破。

六

与此同时，李忠诚再次回到了专案组。

到达江州以后，李忠诚要做的第一件事就是抓捕周长龙的前妻黄桂花。黄桂花有窝赃、包庇之嫌，有可能协助周长龙犯罪。抓捕黄桂花，有利于进一步了解周长龙的活动规律。

抓捕黄桂花的行动是秘密进行的，由陈春林率领原班人马，直奔周长龙的家。行动的时候，他们带上了谢永福。陈春林和谢永福就像走亲戚一样，没有惊动当地的村民。进门之后，陈春林亮出了自己的工作证。他让黄桂花别紧张，就说跟老谢出门办点儿事。黄桂花把儿子交给了奶奶，便悄悄地跟着陈春林他们离开了云州村。

最初，黄桂花不承认自己有罪。她以为，这些事情只有她和周长龙知道。更重要的是，她早就跟周长龙离婚了，表面上跟周长龙没有任何关系。

其实，专案组早就进行了调查，了解到了很多情况。周长龙持枪抢劫杀人之后，打给黄桂花的每一笔款项都有转账记录。民警把转账的清单给黄桂花一看，黄桂花就彻底崩溃了。她毕竟是土生土长的农村妇女，没有那么多花花肠子，立刻就交代了全部犯罪事实。周长龙打给她的每一笔抢劫得来的钱，她都收下了。她帮助周长龙私藏枪支弹药，并且多次帮助周长龙逃亡。周长龙每次抢劫杀人，黄桂花都知情。因此，黄桂花就是周长龙的同伙。

经过讯问，警方从黄桂花那里获得了关于周长龙的更多信息。

1996 年，周长龙结识了小名“二妹”的黄桂花。不久，他们就结婚了。周长龙总是独来独往，很少与别人交往。其父母结婚的时候，就没有举行婚礼。轮到周长龙，照样没有举行婚礼，也没有办酒席。村民们事后才知道，周长龙与黄桂花已经结婚了。对此，黄桂花的亲朋好友很不理解。起初，黄桂花的家人并不同意这门婚事。因此，两个人结婚之后，很少与黄桂花的娘家人来往。

后来，周长龙夫妇搬到镇上，做起了中巴车载客的生意。周长龙开车，黄桂花卖票，一家人生活得还算不错。其间，黄桂花生下了他们的儿子。

2001 年年底，他们遭遇了一场车祸。黄桂花和几名乘客受了伤，被送进了医院。面对巨额的医疗费、赔偿金，周长龙于 2002 年春节主动提出与黄桂花离婚，黄桂花没有答应。后来，周长龙就离家出走了。黄桂花带着儿子回到云州村居住，直至被抓。

周长龙离家出走以后，在老家出现的次数逐年减少。以前，他会隔三岔五地回来看看老婆孩子。后来，回来的次数就越来越少了。黄桂花与邻居聊天时说，周长龙在上海打工。

黄桂花说，周长龙爱枪如命。他们两个人分手时，周长龙对黄桂花说，枪比命重要。

2009 年 3 月 19 日晚上，身穿浅色风衣、头戴黑色帽子的周长龙突然袭击，打死了渝都军区驻渝部队某营房的哨兵，抢走了一把手枪。得手后，周长龙徒步穿过石桥铺社区，乘坐一辆出租车逃逸。

当晚，周长龙回到了家里。他拿着抢来的手枪，在黄桂花面前来回走正步。他问黄桂花："怎么样，像不像战士?"

丈夫在外面干的事，黄桂花早就知道了。她早就习惯了丈夫的这种做派，并不感到惊讶。

兴奋了一阵儿之后，周长龙让黄桂花做了一个装枪的盒子，把手枪装进盒子，带走了。他把手枪带到了什么地方，黄桂花就不知道了。

哨兵被杀案发生后，当地的户籍民警上门了解周长龙的情况时，黄桂花说，他在外面打工，但是没有说具体在哪儿打工。于是，户籍民警就让黄桂花与周长龙联系。平时，黄桂花很少主动联系周长龙，每次都是周长龙给她打电话。因此，黄桂花觉得自己很难与周长龙取得联系。

就在这时，周长龙往家里打了个电话。他们打电话时用的都是暗语，外人根本听不懂。黄桂花告诉周长龙，警察就在她身边，正在找周长龙。

周长龙说："没事。你让警察接电话!"

黄桂花把手机交给户籍民警之后，周长龙在电话里瞒天过海，用花言巧语蒙骗了年轻的警察。

"6·28"案件发生后，周长龙逃离了江州。他先到了岳阳，然后乘大巴车回到了渝都。7 月 19 日，周长龙和妻子黄桂花正式办理了离婚手续。

他早就想好了，不能拖累家人。在此之前，他把抢来的钱全都寄给了黄桂花。他非常清楚，自己绝对不会有好下场。他认为，只有离了婚，才能保全老婆和孩子。老婆只要什么都不说，就能安然无恙。

渝都警方从周长龙和黄桂花的离婚证上获取了周长龙的照片。照片上的周长龙剪掉了斜刘海儿，并且故意噘着嘴。

后来，警方又获取了一张周长龙的照片。那是 2005 年周长龙入狱时拍的照片，最后一张通缉令上用的就是这张照片……

第九章　战线之外

一

在江州东郊，有一个被高墙和电网包围的建筑群。对外面的人来说，这是个神秘的地方，是江州市公安局羁押犯人的场所。

在这个建筑群里，东边有两排长达一百米的南北朝向的监室。在两排监室之间，有一块长方形的空地。空地上长满了花草，盛开的花朵争奇斗艳。这就是江州市女子看守所——一个专门羁押女性犯罪嫌疑人的场所。

黄桂花就被羁押在这里。

进来的时候，黄桂花感到无比痛苦。丈夫是特大持枪抢劫杀人案的犯罪嫌疑人，丈夫留给她的存折被没收了，她自己又被关在这里，简直是绝望至极。

没过多久，黄桂花的头脑里便萌生了自杀的念头。她把圆领衬衫撕成布条，结成绳子，准备自杀。她利用午休时间，把准备好的绳子挂在窗口的挂钩上，然后把绳子的另一头缠在了自己的脖子上。就在这时，监室里的同伴张珊珊发现了她的异常举动。

张珊珊立即抱住了她，把她举了起来。监室里的其他人赶紧叫来了民警，成功地阻止了黄桂花的自杀行为。从发现黄桂花自杀，到处置完毕，仅用了两分钟。

看守所的副所长兼黄桂花所在三号监室的管教干部王琴琴多次找黄桂花谈心，想要打开她的心结。开始，黄桂花只是流泪，沉默不语。她是从农村来的，本来就比较闭塞，到了这里就更加不知所措了。她根本就没有弄明白自己为什么会坐牢，认为丈夫所做的事情与自己无关。

王琴琴耐心地开导她，晓之以理，动之以情。慢慢地，黄桂花的心结打开了，表示以后再也不会自杀了。

一天夜里，张珊珊发现黄桂花躲在厕所里偷偷抹眼泪。

张珊珊说：“黄姐，你没事吧！有什么事，跟我说说！”

黄桂花说：“没什么事，就是心里难受。明天是我四十岁的生日……别人在外面风风光光，我却被关在看守所里。一想到这些，我心里就不是滋味。”

张珊珊说：“没关系，明天我们来为你庆祝生日。”

第二天上午，开始学习之前，监室的门被打开了。王琴琴手捧生日蛋糕，唱着“祝你生日快乐”，走了进来。

王琴琴递给黄桂花一束花，然后说：“黄桂花，我们所长特意来为你庆祝生日了！祝你生日快乐！”

刹那间，黄桂花热泪盈眶。她心里的冰霜悄然融化，一股暖流涌上心头。

那天下午，王琴琴专门找黄桂花谈了一次话，了解到了一些情况。直到此时，黄桂花才说出了自杀的真正原因——周长龙背着她在外面找女人。黄桂花说，警察确认了周长龙的身份之后，周长龙给她打了最后一个电话。周长龙说，他已经有相好的女人了，让黄桂花不要再等他了。黄桂花一心爱着周长龙，跟他一起吃了那么多苦，受了那么多罪，却落得这样的下场。她想结束自己的生命，完全失去了活下去的勇气。

这是一个重要情况！

可是，周长龙在外面找的那个女人是谁，黄桂花也不知道。

王琴琴马上把这个情况告诉了陈春林……

二

从黄桂花被抓的那天起，她的手机就一直处于开机状态。到了看守所，她的手机也必须打开，这是专案组提出的要求。虽然周长龙有些日子没跟黄桂花联系了，但是不一定不联系。当初，陈春林悄悄地把黄桂花带离云州村，就是为了不让周长龙知道。或许，周长龙还会跟黄桂花联系。

可是，几个月过去了，周长龙一直没有给黄桂花打电话，也没有往黄桂花的手机上发送任何信息。其实，黄桂花早就不指望周长龙跟她联系了。但是，只要有一线希望，警方就不会放弃。王琴琴负责保管这部手机，一来电话就让黄桂花接听。

几个月过去了，黄桂花慢慢地适应了看守所的生活。在看守所里，黄桂花最佩服的就是自己的管教干部王琴琴。

二十年前，王琴琴从省公安专科学校毕业后，被分配到左家塘看守所工作。她刚参加工作，就担负起了针对百余名女性在押人员的管理教育工作。她虚心向老同志学习，及时调整自己的心态，慢慢地摸到了“看守”的窍门……

三

李忠诚回到专案组之后，周长龙仍然在逃。

这一年的 7 月 1 日，根据李忠诚的建议，警方从长江流域的几个省抽调专人来到了渝都。从江州来了三个人：刑侦总队的副总队长邓晖，市公安局的陈春林、王斌。另外，从安徽来了三个人，从南京来了四个人，从渝都来了两个人。由这些人组成了新的工作组，专门研究周长龙的作案规律，制订抓捕方案。

在此之前，十一个与本案有关的省市公安机关负责人参加了案情分析会，研究如何寻找周长龙，尽快破案。从这个时候开始，李忠诚就开始研究周长龙的性格特征和行为规律了。经过反复琢磨，李忠诚决定带领工作组的其他成员，从渝都到江州，从江州到南京，将周长龙的作案地点逐一进行勘查。

这个时候，已经进入了盛夏，天气炎热，持续高温。各地的天气不同，有的地方下起了暴雨。从周长龙第一次作案算起，已经过去了二十年。犯罪现场早已面目全非，办案民警换了一茬又一茬……

这个时候重新勘查现场，能发现什么呢?

只有李忠诚和他的同事知道，这是走近周长龙的最佳途径。不管时间过了多久，也不管环境发生了多大的变化，侦查员们都不会放弃。“吃透”案发现场，是成功破案的“法宝”。每破一个案子，李忠诚都会到现场去几次，甚至几十次。李忠诚认为，案发现场是侦查员和犯罪嫌疑人“交锋”的“连接点”。在案发现场，可以找到犯罪嫌疑人留下的各种证据，从而分析出作案的细节，以及犯罪嫌疑人的心理活动。

人的所有行动都受大脑支配，周长龙到这些地方作案，必定是有原因的。李忠诚觉得，与周长龙的思维越接近，就越能找到周长龙的犯罪规律，这是成功破案的关键所在。

通过重新勘查犯罪现场，专案组的民警发现，周长龙每次作案之前都会精心设计和准备。他会用很长时间踩点，在犯罪现场的周围转悠好几天，然后选择作案目标。作案的目标有两种：一种是有钱的老板；另一种是刚从银行取完钱的人。刚从银行取完钱出来的人，往往会驾车离开，或者有人陪同。行动之前，周长龙要确认对方确实持有大量钱财。得手之后，他会冷静地撤离。

作案的地点，周长龙一般会选在繁华地段，靠近立交桥。那里人流涌动，警察不方便开枪，比较容易脱身。他一旦混入人群，就可以潜伏下来，不容易被发现。作案后，他会多次更换交通工具，即使遇到交通拥堵，也能很快逃跑，给警方的抓捕造成困难。

周长龙从来都是独来独往，并且在几十秒内结束作案。这样一来，现场遗留的证据就十分有限了，目击者也很难看清他的脸。

为了逃避检查，周长龙从来不住旅店。在正规的场所，他从来不用身份证。警方在江州和南京进行大规模排查时，没有发现任何与周长龙有关的线索。

周长龙的野外生存能力很强，长期生活在山区，与坟墓为伴。江州的天马山上，有一大片坟墓，很少有人光顾。为了躲避警方的抓捕，周长龙在这座山上住了两年。直到“6·28”案件发生之后，江州警方才发现了他的巢穴。只可惜，此时他已经逃跑了。

渝都的歌麓山上，狭窄的石板路纵横交错。道路两旁全是碧绿的藤蔓和灌木丛，根本看不见地面。位于南京市栖霞区兴卫村的兴卫老山也是一座坟山，荒无人烟。这两个地方都很荒凉，平时无人敢去，对周长龙来说是绝佳的藏身之处。

渝都、江州和南京这三个城市周边都有崎岖的河道，地形十分复杂，便于躲藏。专案组的民警们经过反复分析，发现周长龙喜欢有江有河的地方。渝都、江州和南京是他的首选，他还在武汉、昆明、岳阳、宜宾和巢湖等地停留过。

周长龙很善于伪装，据说还会易容术。说他会易容术，未免有些言过其实，但伪装确实是他的看家本领。在南京枪击案中，监控画面显示，短短的一分钟内，他手里提的蓝色纸袋就换成了深色布袋。在监控录像中，民警发现他在逃跑时摘下墨镜，并且更换了装钱的袋子。踩点的时候，他会注意哪里有监控探头。逃跑的时候，他会躲开这些监控探头。实在躲不开了，他就用帽子和口罩把自己的脑袋严密地包裹起来，只露出一双眼睛。除此以外，周长龙连走路的姿势都是经过伪装的。在视频录像中，民警发现周长龙作案前走路“外八字”，肩膀左右摇晃得十分厉害。作案后，他走路时肩膀竟然纹丝不动，把帽子和口罩都摘了，还戴了一副眼镜。他不知从哪儿弄来了一身旧式军官冬季常服，穿在身上显得很威武，与作案前判若两人。

但是，不管他怎么伪装，都逃不过江州、南京和渝都警方的追捕。在七月流火的日子里，李忠诚他们寻遍了周长龙住过的坟地、上过的山、去过的网吧，掌握了他的作案规律和生活习惯。

破案专家经验丰富，会发现一般人发现不了的问题。他们能够通过犯罪嫌疑人的心理轨迹分析出下一次作案的时间和地点。用李忠诚的话说，就是“侦查员的头脑、思维与嫌疑人越接近，就越能真正走近他”。周长龙已经销声匿迹了七个月，这个时候该露头了。

从 2004 年渝都的“4・22”案件到 2005 年的“5・16”案件，间隔了一年多。从 2005 年的渝都“5・16”案件到 2009 年的“3・19”哨兵被杀案件，间隔了将近四年。周长龙在昆明蹲了三年监狱，出来后就在渝都作了一起大案。随后，他逃到了江州。

从 2009 年的江州“10・14”案件到 2009 年的江州“12・04”案件，间隔了不到两个月。从 2009 年的江州“12・04”案件到 2010 年的江州“10・25”案件，间隔了十个多月。从 2010 年的江州“10・25”案件到 2011 年的江州“6・28”案件，间隔了八个多月。从 2011 年的江州“6・28”案件到 2012 年的南京“1・06”案件，间隔了六个多月。

每一次作案后，周长龙都要销声匿迹一段时间，短则五十天，长则六七个月，甚至一年。过一段时间，他的手就开始痒痒了。据专家分析，现在就是他手痒的时候。此前，他到华阴绕了一圈，没有找到机会。后来，他去了哪里，警方暂时不知道。

经过十多年的博弈，周长龙的性格、外貌、身份，甚至走路的姿势都已经变了。

据专家分析，周长龙很有可能重回渝都。

7 月 1 日，警方到达了渝都，周长龙和他的小情人也到了渝都。只不过，当时警方还不知道周长龙的下落。

这是正义与邪恶的博弈!

7 月底，李忠诚率领专案组返回了渝都。

8 月上旬，专案组进行了认真研究，制订了在渝都抓捕周长龙的计划。

8 月 9 日凌晨三点，警方将抓捕周长龙的详细方案下发给了各实战单位，将于次日全面实施对周长龙的抓捕。

一张大网已经张开，等待着周长龙落网……

四

王琴琴管理黄桂花的手机，已经有些时日了。她每天都要翻看黄桂花的手机，没有发现任何有价值的来电信息。看来，那个人真的把黄桂花忘了。

这一天，王琴琴翻看黄桂花的手机时，在众多的信息和广告中发现了一条信息:“请你以后再也不要联系他了，他已经是我的人了!”

发信息的人是谁?

王琴琴敏锐地意识到，这不是一条普通的信息。

于是，她立即把黄桂花叫到了办公室。

“这是谁发的?”王琴琴问。

黄桂花看了看那条信息，脸色惨白地低下了头。

“到底是谁?”王琴琴又问。

“肯定是她!”黄桂花咬牙切齿地回答。

“她是谁?”

“还有谁?就是那个狐狸精!那个女的，现在跟周长龙好上了……”

“给她回信息，问她住在什么地方!”

“好的。”黄桂花接过手机，赶紧回信息。

然而，对方根本没有回应。

这是一个重要的消息!

周长龙的女朋友在用手机!难道周长龙也用上了手机?

王琴琴立即把这个情况告诉了丈夫陈春林。

在周长龙父亲的灵前帮助周长龙逃跑的事情，黄桂花一直瞒着警察。她把那件事情深深地埋在心底，没有跟任何人说过。经过一段时间的改造和学习，她觉得不能再隐瞒了。以前，她并不认为自己是丈夫的同伙，觉得自己被抓起来是冤枉的。她早就跟周长龙离婚了，公安局为什么还要抓她?

现在，她经过学习，已经想通了，警察一点儿都没有冤枉她。要不是她帮助周长龙，周长龙早就结束了犯罪生涯。这一回，她向王琴琴彻底交代了那件让她十分后悔的事情。

当时，她知道公公的灵堂里有警察，而且是江州的警察。她认出来了，乐队里的那个敲锣的人就是到她家来抓周长龙的警察。派出所的一个便衣警察也在灵堂里，她也见过。可是，她发现周长龙回来了，却没有告诉警察，反而让周长龙赶快跑。那个便衣警察发现了周长龙的行踪之后，她千方百计地阻拦，最终使周长龙成功地逃跑了。现在，她终于明白了，这是犯罪。她是周长龙的帮凶，应该受到惩罚。现在，她特别后悔……

五

在渝都市公安局指挥中心，李忠诚正在主持专案工作会议。

陈春林收到妻子发来的信息，悄悄地走到李忠诚身边，小声说道：“有个消息！周长龙的女朋友在使用手机，这是号码。”

李忠诚兴奋不已，一巴掌拍在桌上，说道：“太好了！终于可以找到他了！”

然后，李忠诚对侦破工作进行了部署。

渝都市公安局的王副局长建议，立即抓捕周长龙的女朋友。

“不行，现在还不是时候！要听专案指挥部的指挥，谁都不能擅自行动！”李忠诚再三叮嘱，任何单位和个人都不能惊动周长龙的女朋友，不能打草惊蛇。要让周长龙和他的女朋友认为，警方没有发现他们的行踪。

周长龙有了女朋友，并且开始用手机了，这说明周长龙的心理有了变化。以前，周长龙坚决不找女朋友，并且极力反对使用手机。他行事谨慎，处处提防，一次又一次地躲过了警方的追捕。

现在，他彻底变了，不仅找了女朋友，而且用上了手机，说明他已经无所顾忌了。其实，从无所顾忌到孤注一掷，只有一步之遥。

李忠诚看准了这个千载难逢的机会，制订了一个近乎完美的抓捕计划。技术部门通过追踪发现，周长龙的女朋友频繁地在渝都用手机发出信息。顺着这条线索，警方很快就获取了周长龙的电话号码和周长龙最近一段时间与女朋友的通话记录。

现在，可以确定，周长龙就在渝都的某个角落，近期会出来作案！

第十章　插翅难逃

一

8 月 9 日晚上，工作组制订了抓捕周长龙的方案，做好了行动前的一切准备。

朱超人是渝都铁路公安处办公室的民警，已经工作了十年。入警以来，他一直在办公室工作，负责写材料，是铁路公安的“笔杆子”。最近一段时间，他跟随处长参加专案组的各种会议，制订了铁路公安抓捕周长龙的行动方案细则。各项工作安排就绪之后，他向自己的直接领导提出，要参加第二天搜捕周长龙的行动。于是，刘主任便决定和他在同一个路段巡查。朱超人又说，能不能领一支枪。朱超人知道，这次行动与前几次执行任务不同，是真刀真枪地去拼，没有武器肯定不行。于是，朱超人便向上级申请领一把手枪。他和其他机关干部不同，从警校毕业后，一直在机关工作。他能文能武，文章写得好，枪法也很准。在铁路公安射击比赛中，他拿过第一名。所以，他主动请缨，是因为有底气。从破案的角度看，他是想抓住周长龙，为民除害。从他自己的角度看，他是想离开办公室，到刑侦部门去大显身手。

可是，刘主任并没有答应给他配枪。单位对枪支的管理一向很严格，领导只批准了特警队带枪。

8 月 10 日上午，渝都市青山坝区凤鸣山康居苑中国银行储蓄所门前发生了一起持枪抢劫杀人案，打死两人、打伤一人。犯罪嫌疑人抢走了死者的浅黄色女式单肩大挎包，搭乘“摩的”逃逸。

逃离现场后，犯罪嫌疑人沿铁路线向南逃跑，路过侯马桥。这个地方就在朱超人、刘主任和办公室的一位女同志的责任区内。出发前，刘主任被处长叫了过去。刘主任突然离开，把手枪也带走了。在没有任何武器的情况下，朱超人和办公室的那位女同志只好穿着制服徒手在责任区内巡查。

中午十二点多的时候，办公室的那位女同志去买盒饭了，留下朱超人一个人在路面上巡查。偏偏在这个时候，那个刚刚在中国银行储蓄所门前持枪抢劫杀人的犯罪嫌疑人逃到了这个地段，碰上了正在巡查的朱超人。

朱超人发现，此人很像通缉令上的那个人。很快，他们之间的距离就拉近了。就在他们擦肩而过的一瞬间，朱超人辨认出来，此人就是周长龙。朱超人本能地做了一个掏枪的动作，可是腰间空空如也，根本就没有枪。他急中生智，假装掏枪，大声命令对方：“站住！举起手来！”

对方站住了，举起手来，却突然掏出手枪，对准朱超人就开了三枪。朱超人应声倒下……

正在附近买盒饭的女同志听到枪声，立即赶了过来。这时，凶手已经逃跑了，朱超人倒在血泊中。

女同志大喊：“小朱！小朱！”

朱超人艰难地指了指周长龙逃跑的方向，说道：“追！快追！那是周……长……”

话还没有说完，他的手就垂了下来……

朱超人的生命终止在了这个地方！

经过侦查，警方认定，此案的犯罪嫌疑人正是周长龙。

铁警朱超人中弹殉职后，刑侦技术人员通过从犯罪现场提取的弹壳和弹痕确认，凶手作案时使用的枪支与三年前的渝都“3・19”枪杀哨兵案中的犯罪嫌疑人使用的枪支一致。自此，“3・19”哨兵被杀案被列入周长龙系列持枪抢劫杀人案件，周长龙背负了十五条人命。

周长龙逃到侯马桥铁路口的时候，市公安局“110 指挥中心”接到了一个举报电话，说犯罪嫌疑人已经逃到了侯马桥。

“110 指挥中心”立即向铁路公安处发出指令，对侯马桥铁路沿线进行封控。可是，处警的指令刚发出去，朱超人就被歹徒枪杀了。

经过调查，警方发现举报人是用公用电话报的警。民警们迅速查到了公用电话亭的位置，立即进行调查走访。因为举报人使用的是公用电话，拨打电话时周围没人，或者没人在意，所以没有查到举报人是谁。“110 接警电话”显示，报警的时间是 8 月 10 日中午十二点四十五分。这个电话拨打之后两分钟，铁路上响起枪声，朱超人被害。显然，这绝不是虚假报警。

那么，报警人是谁呢？为什么不肯露面？

当时，追捕在即，警方并没有深究举报之人。

案发后，各级领导高度重视，先后作出了重要指示，要求民警们尽快将犯罪嫌疑人缉拿归案。在此之前，从维护社会稳定的角度考虑，上级领导提出了侦破此案的基本思路，那就是“以秘制秘”，尽量不在社会上造成很大的影响。因此，确认了周长龙的身份之后，警方并未大规模地发放印有周长龙照片的通缉令。

“8·10”案件突发，渝都警方压力剧增。上级领导批示，要发动群众，尽快破案。走群众路线，是制胜的法宝！

随后，警方在全市范围内进行动员，通过网络媒体发布了公告。警方发出了A级通缉令，在全国范围内通缉犯罪嫌疑人周长龙。通缉令上的照片已经换成了周长龙服刑时拍摄的正面照片，把周长龙的特征描述得十分详细：“周长龙，男，1970年2月6日出生，汉族，初中文化，渝都市江湾县东江镇云州村人，身份证号码……身高1.67米，中等身材，偏瘦，肤色较黑，长方脸，眉毛较浓，双眼皮，左耳郭后面有一颗直径一毫米的圆形黑痣，右上唇有一块5毫米×2毫米的泛白胎记。操渝都口音……”渝都市的公安民警会同武警和驻渝部队官兵，冒着四十多度的高温酷暑，严密封控，全力围捕周长龙。

在上级领导的统一协调和指挥下，全国公安机关同步开展案件协查工作，在湖南、四川、贵州等相邻省份层层设卡布控。

这一次，李忠诚心里有底了，周长龙绝对跑不了。周长龙的个性已经被警方摸透了，作案的规律也被警方掌握了。

根据周长龙的行事风格，作案后是绝对不会马上逃离这个城市的，一般会在一周之后离开。因此，警方必须在一周之内将其抓获。

二

在警方的大力宣传和号召下，群众对周长龙的名字已经不陌生了。有很多群众积极向警方提供线索，真可谓“全民参与”。

此时，周长龙为了避开警方的围追堵截，已经离开了渝都的歌麓山，到达了城市的繁华地段。周长龙认为，最危险的地方，往往是最安全的地方。他估计警察会到山上去找他，便要“反其道而行之”，大摇大摆地在城里游逛。

第二天下午，他在江北区观音桥的大融城商场闲逛的时候，一对年轻的情侣也在逛商场。此时，该商场外墙上的大屏幕正在滚动播放通缉令。那位姑娘无意中看了一眼大屏幕，发现通缉令上的那个人似曾相识。其实，她已经不止一次看到那个通缉令了。

这对情侣走到观音桥的步行街时，一名身穿黑白条纹短袖衬衫和西裤的男子走了过来。那名男子背着背包，穿着崭新的皮鞋，戴着眼镜，与这对情侣擦肩而过。姑娘强烈地感觉到，此人与周长龙极为相像，走路的姿势和通缉令上描述的一模一样。这位姑娘是学建筑的，对线条、轮廓特别敏感，很快就联想到了“外八字”，马上就意识到此人就是通缉令上的周长龙。

由于紧张，姑娘深吸了一口气。她拽了拽男友的衣角，悄悄对男友说：“我觉得，那个人很像周长龙！”

男友有些惊恐地小声说了一句：“别乱说！”

姑娘说：“真的，不骗你！你看，他走路……”

男友顺着她指的方向看去，顿时明白了：“像！”

他们俩假装抱在一起，看着周长龙走进大融城商场，才悄悄地跟了上去。

上了自动扶梯之后，那名男子似乎有所察觉，突然回头朝下方扫视，还凶狠地瞪了那对恋人一眼。

那是一道凶光！

他把手伸进了腰包，但是并没有进一步行动。根据以往的经验，没有十足的把握，他不会轻易行动。眼下，商场里人员密集，他不方便下手，更不方便逃跑。

他只能用眼神警告这对恋人：别管闲事！

这对年轻的恋人意识到了危险，抱得更紧了。

随即，那名男子消失在了人流之中。

那对情侣没有继续跟踪，悄悄地拐进了一家餐厅。确认安全之后，姑娘赶紧掏出手机，拨打了“110”。

五分钟之后，警察封锁了商场。

可是，他们还是晚了一步，那名男子已经离开了商场。

警方立即调看监控视频，寻找那名男子的踪迹。

监控视频里，那名男子乘电梯上楼时，拿着手机，像是在跟谁通话。

这是一段极为珍贵的视频！

那名男子到底是不是周长龙呢？

专案组内部有两种意见，一种是肯定的，一种是否定的。江州市公安局刑侦支队副支队长陈春林和内勤王斌对这段视频中的男子进行了仔细辨认，非常肯定地说，此人就是周长龙。可是，渝都的民警们却持否定意见，理由是这名男子与周长龙之间存在差异，他在使用手机。经过多年的侦查，警方已经得出结论，周长龙从来不用手机。

这两种截然不同的判断，到底哪一个是正确的呢？

不能似是而非，更不能少数服从多数，必须有一个明确的结论，这关系到下一步的侦查方向。如果认定这名男子是周长龙，那么就要改变侦查思路。如果认定这名男子不是周长龙，那么就要按照原来的侦查思路采取行动。

2011 年春节过后，李忠诚开始负责这一系列案件的侦破工作。看过这段视频之后，他马上就断定，此人就是周长龙。但是，他没有急于表态。还有几段可疑的视频，李忠诚让渝都警方的负责人发给他看。看到视频后，李忠诚更加确认，这个人就是周长龙。“3·19”案件犯罪嫌疑人持枪时的神态已经深深地印在李忠诚的脑子里了，视频中的那个人的神态与“3·19”案件犯罪嫌疑人的神态如出一辙。

李忠诚心里有数，尽管此时大队人马在搜山，但是周长龙不会在山上，搜山围捕实际上是一种策略。李忠诚立即下山，到商场里走了一圈儿，又看了几段视频，心里就更有底了。他让专案组的同志赶紧把商场的视频发到江州、南京，让警方的负责同志辨认，但是不要把结论告诉他们，否则会误导他们。

五个小时之后，南京警方回复，视频中的那名男子就是周长龙。又过了两个小时，江州警方给出了同样的答复。

确定无疑！

但是，山上的人不能撤下来，一撤下来就会惊动周长龙。

搜山的行动还在继续进行……

三

晚上，李忠诚来到青山坝分局，布置了搜捕、布控等任务，把如何安排警力、怎样搜索和布控都交代清楚了。李忠诚认为，周长龙的藏身之处极有可能就在这一带。表面上，在山上搜捕是工作重点。实际上，工作重点在青山坝。布控工作必须做得十分严密，并且要绝对保密。

此时，周长龙已经是万劫不复了。他满以为自己已经在警方的视线之外了，实际上警方对他了如指掌。专案组的民警们想出了一招：明修栈道，暗度陈仓。

表面上，警方把全部力量都用在了歌麓山上。大批公安民警荷枪实弹，在四十度的高温下进行地毯式搜索。同时，电视台的记者们随警行动，对整个搜山过程进行直播。

这场戏是演给周长龙看的，就是要让周长龙知道，警方的全部注意力都集中在了搜山上。这样一来，周长龙才有可能重新出现。

结果，警方成功获取了周长龙的相关信息和最新动态，案件的侦破工作取得了重大突破。

李忠诚在青山坝分局主持会议，抽调了近四百人布控，山上的人一个也不动。

那么，怎样才能确定周长龙就在青山坝一带活动呢？

在此之前，民警们做了大量工作。周长龙选择的住处有几个特点：要在坟山上，四十五度角的阳坡；一百米内要有水源；要在公墓和私墓交界的地方。渝都有三个这样的地方，而青山坝则是周长龙最熟悉的地方。

凌晨，指挥部连夜把辖区内派出所的所长们召集起来，开了个会，布置了布控和蹲守工作。

陈春林在会上详细介绍了周长龙的特征，对识别周长龙起到了关键性作用。

根据周长龙的生活规律，青山坝的布控定在了早上六点。

提到布控，要注意三种地方。第一种地方是山边，有墓地的地方。布控的时候，越隐蔽越好，不能让人看出破绽。第二种地方是公交车站等公共场所。第三种地方是银行，因为犯罪嫌疑人有可能还会作案，抢劫钱财。

陈春林主动请缨，与便衣警察并肩作战。

李忠诚早就听说，陈春林的枪法十分了得，在射击比赛中得过金奖。这些年，陈春林与周长龙打过很多次交道，非常了解周长龙。陈春林是本地人，熟悉地形，是搜捕行动的最佳人选。因此，李忠诚毫不犹豫地批准陈春林参加搜捕行动。

陈春林带上了同样枪法很准的王斌，天还没亮就到达了指定地点。

四

8月10日中午，市公安局“110指挥中心”接到了举报电话，犯罪嫌疑人已经逃到了侯马桥。警方迅速赶往此地围堵，结果还是慢了一步。

“8·10”案件发生后，为了抓捕凶手，渝都警方悬赏了五十万元。可是，那个举报人始终没有露面。

直到8月13日晚上七点，那个举报人拨打了悬赏通告上的电话，说犯罪嫌疑人已经逃到了青山坝区的微电子园一带。

警方通过来电显示，联系上了这个举报人。他叫廖若星，是“8·10”案的受害人许华的儿子。廖若星提出，要见专案组的负责人。

此时，李忠诚正在青山坝检查布控工作。得知这个情况后，李忠诚二话没说，立即出发，去见廖若星。

这个时候，廖若星正在家里为母亲搭建灵堂。李忠诚他们默哀之后，便要求与廖若星交谈。可是，家里人实在太多，李忠诚便请廖若星去车上详谈。

到了车上，廖若星开门见山地说：“我就是8月10日中午发现周长龙行踪的那个举报人，我叫廖若星。”

“谢谢你！你当时在侯马桥吗？”李忠诚说。

廖若星摇了摇头。

“你看见过周长龙吗？”李忠诚问。

廖若星又摇了摇头。

“那你……”李忠诚有些不解。

廖若星当时不在侯马桥，没看见周长龙，是怎么知道周长龙就在侯马桥的呢？

原来，廖若星一直在跟踪周长龙。这种跟踪不是简单的物理意义上的跟踪，而是通过网络进行跟踪。三个月前，廖若星从美国回来了。他从哈佛大学博士毕业之后，进入了苹果公司，担任部门经理。他本身就是视频工程师，在硅谷干了十年。三个月前，他辞去了苹果公司的工作，回到了国内，在渝都市经济开发区注册了自己的公司——星辰科技股份有限公司。

“8 · 10”案件发生的这一天，星辰科技股份有限公司正好开业。他母亲在他叔叔的陪同下，去渝都市青山坝区凤鸣山中国银行储蓄所取了七万块钱，准备给儿子送去，以示祝贺。没想到，刚取完钱出来，他们就遇到了周长龙。结果，银行这边枪响，公司那边鞭炮齐鸣。廖若星刚拿起剪刀准备剪彩，就接到了公安局的电话，得知母亲惨遭不幸。廖若星急匆匆地赶到案发现场，看到母亲躺在血泊之中，已经离开了这个世界……

刑侦技术人员处理完现场之后，他把母亲的遗体送到了殡仪馆。在回家的路上，他突然想起来，母亲被抢走的那个浅黄色大挎包里，除了刚从银行取出来的七万块钱以外，还有母亲的手机。噩耗来得太突然，他一直处在极度悲痛之中，没想那么多。冷静下来之后，他突然想到了母亲的手机。如果能通过母亲的手机信号进行跟踪，就能找到凶手，帮助警察破案。

他有这个能力，这是他的强项。他立即打开了车上的苹果手提电脑，锁定了母亲的手机。

很快，他就在电脑屏幕上发现母亲手机的位置正在移动。他立即让司机停车，查找母亲手机的准确位置，发现凶手正在侯马桥附近。于是，他便让表弟到路旁的公用电话亭去打电话报了警。

廖若星在继续跟踪！

手机信号很快就在那个路段消失了！

如果凶手发现了他母亲的手机，会不会把它扔掉？如果凶手把他母亲的手机扔了，就再也无法跟踪了。

在此之前，廖若星虽然很忙，但仍然十分关注持枪抢劫杀人案的犯罪嫌疑人周长龙的行踪。他甚至跟朋友一起搞“推演”，分析凶手会躲在哪里。没想到，周长龙竟然袭击了他的母亲。发现母亲的手机信号之后，他没有立即报警，因为他不知道自己的行为合不合法。他怕警察找上门来，给自己带来麻烦。

手机信号消失了，只有两种可能：凶手把手机扔掉了，或者把手机关了。如果凶手并没有把手机扔掉，那么他就有可能会继续使用。只要凶手用那部手机和外界联系，廖若星就能发现他的行踪。

可是，凶手怎么也不会想到，他遇到的是一个精通通信设备的高手。只要凶手使用那部手机，机主的儿子就能跟踪到他。

事实上，周长龙进入了廖若星这个业余侦探设下的圈套。周长龙以前有手机，是女朋友给他买的。使用手机的时候，他非常谨慎。他从书籍和影视作品中看到了许多类似的情节，知道警察用多长时间能确定手机的位置。因此，他每次给女朋友打电话，都说几句话就结束了。

到了渝都之后，他用那部手机给女朋友打过三次电话。然后，他就把手机扔到了江中。现在，他把死者许华的手机留下来了。那天，他刚好逃到侯马桥，就听到了包里的手机铃声。他立即打开包，把手机关了。

周长龙没有扔掉这部手机，因为他要和自己唯一在乎的人——他的女朋友马秀莲联系。他要在外面干“大事”，而她则在等待他的“胜利”，分享他的“胜利果实”。

得到这部手机之后，周长龙把手机关了，一关就是三天。

可是，周长龙千算万算，唯独没有算到机主的儿子跟踪这个手机。

廖若星无法在关机的情况下继续跟踪，期盼着母亲的手机再次开机。

8月13日晚上七点，那部手机的信号终于出现了——凶手周长龙又开机了！

太好了，立即跟踪！

他打开自己手机的监听模式，终于听到了那个人的真实声音：“喂，阿秀，是我！新闻里是怎么说的？都在歌麓山围捕我……山上至少有两万人。好，太好了！他们永远也找不到我！前天没有搞到钱，我还得搞一票大的！等着我的好消息吧！你听好了，以前那个手机不要用了，把它扔掉！扔得远一点儿！以后就用这个手机联系，等着我的好消息……”

这一次，周长龙与女朋友阿秀的通话时间比较长，足足说了十分钟。廖若星一边监听，一边录音。他让表弟再去报警，告诉警方凶手的位置。

接到报警之后，李忠诚在青山坝区微电子园一带暗中布控，然后赶到廖若星家，从廖若星那里得到了非常重要的情报。

廖若星并不知道自己跟踪、监听是不是合法，需要专案组告诉他法律依据。如果合法，他就继续跟踪、监听。如果不合法，他就立即停止跟踪。

李忠诚表示，廖若星用自己的通信设备寻找母亲手机的下落，并未触犯法律。现在，公安机关正式授权廖若星继续跟踪。市公安局派出技术人员协助廖若星，争取尽快破案。

就在这天晚上，廖若星锁定了周长龙的相关信息，获取了周长龙的最新动态。警方发现了周长龙的行踪，对他说过的话、发过的信息了如指掌。

可是，根据周长龙所持手机的定位，警方多次实施围捕，均未成功。

还好，周长龙跟女朋友的谈话泄露了天机：他还要干一票大的！

周长龙认为，全城的警察都在歌麓山上抓他，百分之百进入了他的圈套。

这正是他所期盼的！

这时，他下定决心，要在银行干一票大的！

这个“万无一失”的计划，他不会对任何人透露，包括他的女朋马秀莲。

五

抓捕周长龙的工作会议一直开到第二天凌晨。专案组提出了一系列具体要求：周长龙下山后，不能跟踪，告诉前方的守候人员即可；行动时，必须讲究方式方法，不能轻易开枪，暴露目标……

周长龙在江州的时候，每天都是七点之前就下山了。他只会早起，不会睡懒觉。他不是上班族，不用早上八点去上班。李忠诚认为，周长龙无论是去踩点，还是去实施犯罪，都会在早上八点之前出现。

李忠诚当机立断，决定把第二天到岗的时间提前到早上六点。

8月14日六时，青山坝区微电子园派出所的民警刘江和陈春林、王斌一起执行蹲守任务。

谭家岗镇的董家路邮政储蓄所外面，陈春林、王斌和刘江聚精会神地观察着周围的情况。此时，陈春林接到了副所长打来的紧急电话，得知有一个极像周长龙的人朝他们走过来了。

其实，这位副所长早就盯上了那个人，两个人相距不到二十米。那个人感觉后面有人，便回头看了看。于是，副所长便停下了脚步。副所长没有看清楚那个人的脸，只是觉得前面那个人的走路姿势极像周长龙。副所长赶紧点燃一支烟，装作毫不在意。

副所长的抉择是明智的，也是正确的。当时，他完全可以走上前去盘问那个人。但是，他站在路中间，没有任何遮挡，周围还有晨练的群众……

他知道，一旦惊动了周长龙，自己就有可能成为第二个朱超人。周长龙身上要是有枪，周围的群众也会跟着遭殃。

副所长心里明白，此时不能贸然行动，蹲守的时候千万不能暴露身份。他发现，那个酷似周长龙的人正朝着下一个蹲守点走去。在下一个蹲守点蹲守的是陈春林他们，至少有三个人。陈春林是神枪手，刘江是特警队的狙击手，如果那个人真是周长龙，那么下一个蹲守点就将是他的坟墓。

副所长立即打电话给陈春林，把发现目标的事情告诉了他。

于是，陈春林便向王斌和刘江使了个眼色，小声说：“有情况！”

六时四十五分，周长龙进入了陈春林、王斌和刘江蹲守的地段——谭家岗镇的董家路邮政储蓄所外面。

陈春林他们装作晨练，悠闲地踢着腿。

六时五十分，一个戴着墨镜、背着背包的中年男子一边走，一边打着电话。廖若星那边一下子就锁定了，这个电话是打给马秀莲的。周长龙让马秀莲等着他的好消息，干完这一票就带她远走高飞。

市公安局的指挥中心很快就得到了消息：周长龙出现在了谭家岗镇的董家路一带，在邮政储蓄所附近游走。

李忠诚立即要求王维副局长调集周边的特警，准备围堵。

这个时候，离目标最近的蹲守民警已经盯上了那个人。

那个人像幽灵一样走到谭家岗镇的董家路邮政储蓄所门前，准备再次抢劫取款人。他早早地来到这里，选好了退路。

他算好了警察还在歌麓山上围捕他，感觉这里是最安全的地方。

走着走着，他发现自己走进了一条死胡同，前面已经无路可走了。他赶紧往回走，说了一句："走错了！"

这是他这辈子讲的最后一句话！

这个戴着墨镜、背着背包的中年男子一边走，一边打电话，引起了陈春林的注意。这名可疑的男子不露声色，继续打着电话，偶尔回头看一看。走到一个小巷子时，可疑男子突然加快了脚步。陈春林立刻跟了上去，和那名男子之间的距离只有十米。前面的男子突然转身……

那个人就是周长龙！

显然，他已经没有退路了。

他的身后是三个身怀绝技的便衣警察！

他感觉到了危险！

陈春林离他不到三米远，很快就要追上他了。就在这一瞬间，周长龙突然拔出了枪。一向沉着冷静的陈春林判断出此人就是周长龙，马上大喊：“有枪！”

与此同时，陈春林隐蔽在了旁边的电线杆后面。

从警近二十年的王斌，有着丰富的抓捕经验。他一时找不到掩体，便立即掏出手枪，准备与同事们一起抓捕周长龙。

周长龙开枪了，王斌成了他攻击的第一个目标。第一枪，周长龙打在了地上，弹起的弹头击中了王斌的右小腿。紧接着，他又开了一枪，打在了陈春林躲避的电线杆上。

陈春林、王斌和刘江几乎同时举枪还击，从不同的方向攻击周长龙。陈春林开了两枪，王斌和刘江各开了一枪。

最终，正义战胜了邪恶，周长龙被击毙了。

周长龙倒地之后，陈春林、王斌和刘江立刻冲上前去，夺下了他的手枪。他们从周长龙的背包里搜出了一把自制手枪、三个弹夹和三十多发子弹，还有一万多元现金和两张电影票。

二十年过去了，周长龙在江州、南京、渝都作案十起，开枪二十四次，杀死十五人，抢走手枪一把，抢得现金五十余万元，犯下了滔天罪行。

江州的刑警通过侦查，发现了周长龙的照片。南京警方通过现场勘查，获取了周长龙的DNA样本。最终，渝都警方将其击毙。这三个环节缺一不可！

至此，中南系列持枪抢劫杀人案件成功告破！

尾　声

抓捕马秀莲，其实是一件非常简单的事情。警方早就通过廖若星提供的电话录音掌握了她的情况，但是一直没有抓她。警方把她当作诱饵，牵制着周长龙，掌握周长龙的行踪。现在，周长龙落网了，警方也该收网了。

周长龙被击毙的当天，渝都警方立即逮捕了马秀莲。

在周长龙的生命里，有三个重要的女人。第一个重要的女人是他的母亲，是生他养他的人。他对母亲十分孝顺，母亲是他心中的神。第二个重要的女人是他的老婆黄桂花，是百般呵护他的人。警察找他的时候，他就知道自己再也回不了家了。这个时候，他的心理发生了变化。要想活命，他就得与家人断绝来往。他本来就不爱说话，现在就更没有朋友了。

从渝都逃出来之后，他去了华阴。后来，他去了四川宜宾，在洗头房认识了一个1992年出生的女子马秀莲。

马秀莲初中毕业后，在广州打工，工资不高。后来，她干脆到宜宾去做了洗头妹。周长龙是她的一个普通客人，出手大方，像个“阔少”。她崇拜有钱人，做梦都想挣钱。很快，她就和周长龙发生了关系。

周长龙自称“富二代”，毕业于哈佛大学，家里资产上亿，在美国和法国都有分公司。马秀莲佩服得五体投地，不敢相信这一切都是真的。

周长龙让马秀莲跟着他混，不要干活儿了。马秀莲是个洗头女，患有癫痫病，天天渴望过上好日子。这么好的待遇，她有什么理由拒绝呢？从此，马秀莲就成了周长龙的女人。

马秀莲十分好奇，问周长龙是做什么生意的。于是，周长龙就开始吹牛，说得神乎其神。马秀莲没有文化，没见过世面，十分相信周长龙。有一天，周长龙带着马秀莲去买了一些进口化妆品，马秀莲根本就不认识上面的英文。于是，她就问周长龙，这些英文是什么意思。周长龙说，他好久没看英语书了，不记得了，回去查一查再告诉她。

没想到，马秀莲十分执着，一直在追问英文的事情。周长龙一看，实在瞒不过去了，就干脆在马秀莲面前摊牌了。他把自己杀人抢劫的事情全都告诉了马秀莲，想看一看马秀莲的反应。如果马秀莲报案，他就把她杀掉。如果马秀莲愿意跟着他，他就把她当作自己的同伙。

最后，马秀莲不仅没举报，而且更加佩服周长龙了。像她这样的女孩，不懂法律，是非观念淡薄，没有道德底线。在她看来，周长龙这个万众唾弃的杀人魔头，是个大英雄。

“你真了不起，能干大事！”马秀莲称赞周长龙。

“那好，你就跟着我干吧。”

“好的。”

“跟我去渝都，我带你去治病吧。”

马秀莲从小就患有癫痫病，一旦发病就会口吐白沫，有生命危险。马秀莲认识周长龙之后，就把这件事情告诉了周长龙。周长龙要带她去渝都治病，她自然不会拒绝。

确认马秀莲可靠之后，周长龙将从南京劫来的二十万元钱存到了马秀莲的账户上。

周长龙带着马秀莲到了渝都之后，并没有天天和她住在一起。周长龙住在万寿山公墓，因为那里十分清静，是最安全的地方。马秀莲拿着一张假身份证，谎称自己是护士，独自一人在高滩岩正街租下了一间十几平方米的屋子。周长龙偶尔会到马秀莲那里住一住，但是不会停留太久。周长龙进城踩点或者作案，会在这里落脚。这间出租屋距离“8·10”案件的案发现场只有两公里左右，离击毙周长龙的地点也不是很远。

青山坝区歌麓山镇山洞村有一位老人叫“林社群”，在寨子山遇见了一个戴着墨镜和帽子的四十岁左右的男子。那个男子在练枪，很像通缉令上的周长龙。他威胁这位老人，让这位老人不要多管闲事。老人怕惹麻烦，就没有报案。

周长龙的住处，连马秀莲都不知道。他吸取了其他人失败的教训，没有把所有的秘密告诉自己心爱的女人。

“8·10”案件发生之前，周长龙像以往一样，提前半个月就开始踩点了。有目击者发现，周长龙在案发现场附近活动过。他吸取了以往的教训，每次出行都会精心化装。

在宜宾的时候，为了和马秀莲保持联系，周长龙破天荒地买了一部手机。当然，他不会蠢到自己去开户。他让马秀莲购买了三部手机，用马秀莲的身份证注册了两个手机号，一个给他，另一个马秀莲自己用。为了给母亲看病，马秀莲把母亲的身份证带在了身边。她用母亲的身份证申请了一个手机号，以备不时之需。周长龙再三叮嘱，这个号码只能用于接电话，不能用于打电话。

7月的一天，马秀莲背着周长龙，用自己常用的手机给黄桂花发了一条信息，让黄桂花再也别跟周长龙联系了。这件事情，马秀莲一直瞒着周长龙。

正是这条信息，泄露了周长龙的行踪，印证了李忠诚的分析和判断。

为了显示自己有多能干，周长龙在作案前，居然给马秀莲打了个电话。这个电话是用公用电话打的，打到了马秀莲的备用手机上。除了他和马秀莲，谁也不知道他们都说了些什么。这一次，周长龙提前告诉了马秀莲作案的时间和地点。马秀莲要不是睡懒觉，说不定就要去现场“观摩”了。

周长龙在使用手机时非常谨慎，因为他知道，一旦被警察发现了，可就麻烦了。他叮嘱马秀莲，没事不要打电话，联系越少越好。

后来，他把马秀莲给他买的手机扔了，拿着从死者包里掏出来的手机逃到了歌麓山脚下。这个时候，他突然想起了遇到过的那位老人。要是那位老人把见到他的事情告诉了警察，他就死定了。于是，他改变了逃跑的路线，没有上歌麓山。

在逃跑的路上，他发现了一个摄像头。他假装往山上跑，刚往前走了一百多米就开始掉头了。他选择了一条小路，向山下走去。他制造了逃到歌麓山的假象，给警察破案增加了难度。如果那位老人报警了，就更能证明他在歌麓山上了。

后来，警方确实开始搜山了，证明那个摄像头起了作用。

直到 8 月 13 日晚上七点，周长龙才打开抢来的手机，往马秀莲的备用手机上打了个电话。他自认为不会被警察发现，便毫无顾忌地跟马秀莲聊了起来。

周长龙把抢来的七万块钱全部存到了马秀莲的银行卡上。马秀莲质问他："你这是什么意思？怎么只打过来了七万块钱？你留那么多钱干什么？还想单过？"

"哪还有钱呀！真的只有这些！"周长龙解释道。

"不可能！新闻里说了，你抢了二十五万块钱！怎么只给了我七万块钱？"

也许正是这次与马秀莲的通话刺激了周长龙，让他下定了"再干一票"的决心。

这一回，他跟马秀莲聊了十几分钟，聊得十分投缘。

第二天早上，他又给马秀莲打了个电话。他告诉马秀莲，他已经出发了，要去"干一票大的"，兑现他的承诺。

他早已选好了目标——董家路邮政储蓄所。

这几天，他一直在董家路邮政储蓄所附近踩点。8 月 14 日早上，他早早地就来到了这里，选好了埋伏的位置。他想，他会像前几次一样，得手后突出重围。

然而，他想错了。

他万万没有想到，廖若星一直在跟踪他。可以说，他抢到那部手机之后，廖若星就盯上他了。廖若星是受害者的儿子，一直在寻找杀害母亲的凶手。他利用网络进行跟踪，得到了警方的授权。

方圆五公里，只有这么一个邮政储蓄所。警方在早上六点之前就开始在这里守候，撒下了一张不大不小的网。

终于，周长龙出现了，钻进了这张网。

表面上，周长龙在暗处，警察在明处。实际上，周长龙早就在四百名便衣警察的掌控之中了。

若要人不知，除非己莫为！

走投无路的周长龙立即掏出手枪，想要像以前一样，击毙阻挡他的人，冲破这张网。结果，他在三秒钟之内就被击毙了，结束了罪恶的一生。

谢永福的案子比较特殊，超过了刑事追诉期限，由最高人民检察院核准追诉。他的同伙周长龙一直没有到案，一时无法结案。周长龙被击毙后，经过有关部门批准，谢永福接受了多家媒体的采访。这个时候，法院已经判处他死刑了。

这一次接受采访，谢永福剃掉了头发，穿着看守所的黄马褂，早已没有了当年那个农村作家的风采。记者的提问自然绕不开他这个农村作家的作品，还有他的忏悔。

他真心认罪，不愿意过多地谈及犯罪的细节，尤其不愿意回忆那些血淋淋的场面。他的话题回到了他的文学作品，还有他的农村作家之路。他想说，人们也乐意倾听。

谢永福的心结一直都埋藏在他的作品里。他从农村走出来，前往大城市寻梦，却未能融入都市生活。他历尽艰辛，最后还是回到了农村。

作为生存在城市与乡村、传统与现代夹缝中的“边缘人”，他既感受到了社会转型期的嬗变，又无法进入“形而上”层面的思考。他只能通过对底层的感知，表达民间真实存在的生命体验。

这么多年来，他一直生活在痛苦和悔恨之中。他想自杀，却没有自杀的勇气。他想自首，也没有自首的勇气。他在侥幸之中苟且偷生，经受着痛苦的煎熬。他所能做的，只有没日没夜地创作，用文学创作来掩盖心灵的空虚与痛苦。

他一直在苦苦地追求，不懈地努力，在文学圈里小有名气。他酷爱文学，到了痴迷的程度。只有这样，他才能忘掉痛苦的往事，获得心灵的慰藉。最近，他创作了长篇小说《真相》，是专门为他的同学陈春林写的，或者说是为警察写的。这本书的情节十分曲折，揭开了杀人魔王周长龙作案的真相，对警方破案绝对有帮助。实际上，这本书只写了一半。还有一半，涉及他自己参与的那起案子，他没有写。可是，他万万没想到，科技的力量是无穷的。从他身上提取的DNA与二十年前从案发现场的烟蒂上提取的DNA相吻合，他的罪行暴露在了光天化日之下。投案自首之后，他想进一步揭露真相，书名都想好了，叫《另一半真相》。

面对记者的提问，他沉默了一阵儿，然后说：“我现在已经没有资格写作了。我是死一百次都不为过的人，就盼着早点儿给我一个了结，对我越严格越好……”

在法庭上，他明确表示不上诉，服从法院的判决。判决是公正的，是告慰受害者亡灵最好的方式。

这一年的11月30日，谢永福被执行死刑，生命走到了尽头。

执行死刑的前一天，看守民警问了他一句话：“你还有什么要求？”他知道，这是最后的要求了。一般来说，死刑犯在临死前都想吃一顿好的，或者穿上干净一点儿的衣服。谢永福早就把吃穿置之度外了，只提出要见一个人——他的同学陈春林。

看守民警知道，陈春林是此案的主办侦查员。一般来说，重大刑事犯罪人员要见主办侦查员，都是有重大线索要交代。莫非谢永福要用重要线索来换取自己的生命？

看守民警不敢怠慢，立即给陈春林打了个电话，说谢永福要见他。作为侦查员，陈春林首先想到的就是与案子有关的事情。

这一回，陈春林猜错了。

“有什么需要我帮忙的吗？”

“还真有。”

“跟案子有关吗？”

“跟案子无关。”

“哦……那……直说吧，只要我能做到。”

“请你帮我个忙，有空的时候去看看我的孩子。”

“好，你放心，我会去的。你们家老大已经成年了，老二在读书，他们的生活不会有问题。即使真有问题，政府也会管。当然，我也不会袖手旁观。”

陈春林了解他们家的情况，老大是女儿，已经二十多岁了。就在谢永福把《真相》这部书稿交给陈春林的那一天，谢永福的女儿刚好出嫁。谢永福最不放心的就是他们家老二，因为他们家老二是个初中三年级的小男孩，在学校表现不是太好，经常打架、逃学。

“其实，我最不放心的就是我们家老二。可是，我现在已经没有资格管他了。看在老同学的分儿上，我求你帮我管管他。请你告诉他，任何人都要对自己的行为负责。无论干什么事情，都要在法律允许的范围之内，否则就要受到惩罚。我就是个鲜活的例子！我这辈子只做过一件坏事，就是那件事……多少年来，我生不如死。我恳请你，用我这个反面教材去教育我的儿子。我会写一份正式的委托书，交给你。拜托你，在我儿子成年之前，引导他走正道，遵纪守法，不要成为第二个我……”

谢永福哭了，哭得很伤心。只可惜，他的悔恨来得太迟了。

面对自己的同学——一个死刑犯的请求，陈春林会拒绝吗？

最终，陈春林接受了谢永福的委托，让谢永福心甘情愿地去接受那颗正义的子弹……

附录

2023 年"新时代中国法治文学精选"丛书入选作品名单

长篇小说

《另一半真相》（原名：《插翅难逃》） 作者：易卓奇

《阿波罗侦探社》 作者：蔚小健

《正义者》 作者：裘永进

《幸福里派出所》 作者：李　阳

《风口浪尖》 作者：楸　立

《女警姚伊娜》 作者：宋瑞让

中篇小说

《七天期限》 作者：楸　立

《该死的人性》 作者：洪顺利

《薪火相传》 作者：贺建华

《蜂王》 作者：疏　木

短篇小说

《千丝万缕》 作者：少　一

《重塑》 作者：骆丁光

《无处躲藏》 作者：奚同发

《警徽闪烁》 作者：魏世仪

《垃圾街》 作者：阿　皮

《麻辣师徒》 作者：程　华

《新月》 作者：王　伟

《雾霾》 作者：任继兵

《夺命陷阱》 作者：罗学知

报告文学

《“寻人总司令”隋永辉》 作者：艾　璞

《村里来了警察书记》 作者：罗瑜权

《采访汪警官手记》 作者：张　明

《激流勇进铸忠诚》 作者：张建芳

《平凡英雄》 作者：王改芳

《中戍，你是我们的兄弟》 作者：程　华

中国社会主义文艺学会法治文艺专业委员会

2023 年 12 月 31 日